# 悪役令嬢の異世界宅配便
## ～空飛ぶ絨毯で処刑を回避します～

森山侑紀

この作品はフィクションです。
実在の人物・団体・事件などに
一切関係ありません。

# 悪役令嬢の異世界宅配便

## ～空飛ぶ絨毯で処刑を回避します～

# 悪役令嬢の異世界宅配便
## ～空飛ぶ絨毯で処刑を回避します～

# 1　悪役令嬢、豪華絢爛な大広間で断罪された。

　結婚式を控えた葡萄月、私はソワイエ帝国の皇宮の大広間で婚約破棄された。婚約者だった皇太子によって。

「アデライド、そなたの振る舞いは目に余る。皇太子妃になる資格はない。よって、本日、エヴラール・フレデリク・ラ・ソワイエは、ラペイレット公女との婚約を破棄する」

　エヴラール殿下の隣には意中の子爵家令嬢が縋りついていた。側近が私の鼻先に婚約破棄書を突きつける。

　想定内。

　私はいっさい取り乱さず、恭しく頭を下げた。

「皇太子殿下、謹んでお受けいたします」

「どんなに泣いて縋っても、婚約破棄は変わらぬ。そなたの傲慢な振る舞いは国の恥。デルフィーヌに対する嫌がらせの数々、度を超している」

　私の声が聞こえなかったの？

エヴラール殿下は無駄に顔面偏差値が高いからドヤ顔もヤバい。

私は内心を隠し、伏し目がちに言った。

「縋っていません。婚約破棄書にサインします」

「……え？」

エヴラール殿下はよほど驚いたらしく、宮廷貴族の前でおマヌケ面（づら）を披露した。隣の子爵令嬢は瞬き三回。

公開断罪の場に居合わせた宮廷貴族たちもびっくりしている。そんなに私はエヴラール殿下に夢中だと思われていたの？

グッジョブ、私。

うなれ、私の演技力。

このままエヴラール殿下に捨てられた女として振り切る。

「婚約破棄を受け入れ、皇宮から下がらせていただきます。今までありがとうございました」

婚約破棄書にサインしてから、改めて淑女（しゅくじょ）らしい貴族のお辞儀をした。

これで退出できると心の中でクラッカーを鳴らしたのに。

「……そなたはデルフィーヌの毒殺未遂の罪を償（つぐな）わなければならぬ」

……は？

デルフィーヌ嬢を毒殺？

誰が？

……って、私だと思われているんだよね？

想定外。

私の被った淑女仮面が外れそうになるけど、すんでのところで思い留まった。

「身に覚えがありません」

「誤魔化そうとしても無駄」

「デルフィーヌ嬢に関し、身に覚えのないことを取り沙汰されました。そのように仰せになられるのならば、確固たる証拠をお見せください。買収された証人以外」

毒殺疑惑は滅亡フラグ。

ここで対処を間違ったら詰む。

「罪を認めよ。そなたの侍女は罪を認めた」

皇太子殿下が鷹揚に顎を決った先には、私の専属侍女のサビーヌがいた。ラペイレット家門傘下の男爵令嬢だ。

「サビーヌ？」

「私の罪を懺悔いたします。アデライド様に命令されて、デルフィーヌ様に毒を盛りました。我が家門はラペイレット公爵傘下にて、アデライド様のご命令に逆らうことができませんでした。申し訳ございません」

サビーヌはその場に跪(ひざまず)き、エヴラール殿下とデルフィーヌに向かって謝罪を繰り返した。

デルフィーヌ嬢は目をうるうるに潤ませ、サビーヌを労(いたわ)るように抱き締める。

呆然としているのは私だけ。

……や、これ、否定しないとあかんヤツ。

「いっさい身に覚えのないことです。サビーヌはどこかの誰かに脅迫されたのか、買収されたのでしょう」

サビーヌは今まで誠心誠意尽くしてくれた。……と、思っていたから辛い。ムカつくけれど、ここでブチ切れたら詰む。

私はソワイエ帝国序列第一位のラペイレット公爵令嬢。

お父様やお母様の名誉のため、気合いの入った淑女仮面をキープ。

「アデライド、見苦しい。罪人の分際(ぶんざい)で、私に言い返すな。立場を弁(わきま)えろ」

いったいどういうこと?

従順に婚約破棄を受け入れたら、それですむと思っていた。まさか、毒殺の濡(ぬ)れ衣(ぎぬ)を着せられるとは思わなかった。

甘かった。

痛恨の極(きわ)み。

いったいなんのために、好きでもない皇太子の婚約者として厳しいお妃教育に耐えたのか？

それもこれも家族のため。

ソワイエ帝国序列第一位のラペイレット公爵でも、皇太子との縁談は拒(こば)めなかった。

第一、皇太子がこんな暴挙に出ると思わなかった。

原作では聡明なヒーローだったから。

……そう、私は前世の記憶がある。令和(れいわ)の日本で親ガチャ失敗した残念な子が短い人生を終えて、中世のヨーロッパみたいな大帝国の大貴族の家に転生した。……と思ったけど、ライトノベルの世界に転生した。

ソワイエ帝国とか、ラペイレット公爵家とか、エヴラール皇太子とか、どこかで聞いた名前だと思っていた。魔力と魔石で作る魔導具とか、伝達の魔導具とか、火の魔導具とか、大魔法師とか、ちょっと引っかかってはいた。

この世界の家族が優しくて、毎日が楽しいから調子に乗っていた。

昨年の花祭り、デルフィーヌ嬢に初めて挨拶された時、私はようやく気づいた。ライトノベルの『皇太子(こうたいし)の花冠(はなかんむり)』の世界で生きていることに。

ヒロインは破産寸前の子爵家の美人令嬢デルフィーヌである。

デルフィーヌは借金返済のため、親戚のツテで皇后宮(こうごうぐう)の侍女になる。そうして、ヒーローの皇太子に一目惚れされる。

けれど、皇太子の婚約者であるアデライドが黙っていない。あの手この手でデルフィーヌをいじめ、挙げ句の果てには専属侍女を使って毒殺しようとした。

当然のように毒殺は失敗したけど、アデライドは権力で揉み消した。

ラペイレット公爵はアデライドを未来の皇后にしたいから、デルフィーヌだけでなく皇太子にも圧力をかける。ラペイレット公爵は皇太子の強力な後ろ盾だ。

『皇太子殿下、お選びください。皇太子の座か、没落貴族の娘、どちらを選びますか？』

『ラペイレット公爵、貴公の後ろ盾がなければ被れぬ王冠は無用』

皇太子の実母は三大公爵のひとりであるピエルネ公爵家出身だ。つまり、ピエルネ宰相（さいしょう）の娘。皇太子にはピエルネ公爵という確固たる後ろ盾がある。

もっとも、ピエルネの傀儡（くぐつ）にならないように、皇帝陛下は婚約者にラペイレットを選んだ。統治者として英明な判断だ。

『……ふっ……没落貴族の娘が花で作った冠を希望されますか？』

『デルフィーヌの手で作られた花冠を被る名誉は誰にも渡さない』

皇太子は愛を選び、アデライドと婚約破棄しようとした。

アデライドは婚約破棄を受け入れない。

しかし、専属侍女が裏切り、毒殺未遂事件を暴露し、アデライドは投獄された。

アデライドの処刑が決定し、ラペイレット公爵が挙兵したけど、謀反の罪で家門断絶。

ヒロインはヒーローと幸せに暮らしました。

そのファンタジー小説の悪役一家のアデライドが私。

気づいた時、嘘だと思った。

けど、嘘じゃない。

原作通り、結婚式の九日前に皇太子は覚悟を決め、アデライドの私に婚約破棄を申し出た。

原作と違うところは、私があっさり婚約破棄を受け入れたこと。

なのに、原作通り、毒殺で投獄？

私、毒殺しようとしていないのに？

結局、私は罪人？

これ、原作補正？

……ダメ、原作のアデライドみたいに泣いて暴れたら詰む。

「いったいどのような調査を行ったのでしょう？　まさか、サビーヌの証言だけで私を毒殺犯に指名したのではありませんわね？　ラペイレットも納得できる公正な再調査を求めます」

私が冷静にお願いしても、いつものようにエヴラール殿下は優雅にスルー。

「私にも慈悲はある。デルフィーヌの懇願もあったから罪は問わぬ。元婚約者に更正の場を与えよう。宰相の弟にあたるメグレ侯爵に嫁げ」

……は？

更正の場が嫁ぎ先？

それもお父様より年上のメグレ侯爵？

「ご辞退申し上げます」

「縋っても無駄。そなたを側妃にする気もない。メグレ侯爵の指導の下、悔い改めよ」

ジジイ侯爵との結婚を拒否したことが側妃希望？

いったいエヴラール殿下の脳内はどうなっている？

著者のレイ先生、エヴラール殿下のキャラが原作と違いますよ。

「無用のお心遣いでございます」

私が繰り返し拒むと、デルフィーヌ嬢は赤味がかったピンクの目をうるうるさせながら追い討ちをかけた。

「アデライド様、そんなに皇太子殿下を愛しているのですね」

「領地に帰り、静かに暮らします。今までありがとうございました」

断罪イベント後、ラペイレット領地での日々を楽しみに今まで耐えてきた。

メグレ侯爵との婚姻はいやがらせだよね？

ラペイレットに対する人質？

いい加減にやめて……叫びたいけど、必死に耐える。

「そなた、どうして私に逆らう？」

エヴラール殿下が呆れ顔で言うと、側近のひとりである宰相の息子が険しい顔つきで続いた。

「アデライド嬢、不敬罪に問われます」

「ラペイレット公女、謀反です。お覚悟召されい」

「アデライド嬢は傲慢すぎる。少しでもいいから健気なデルフィーヌ嬢を見倣ってほしい」

側近たちの非難の後、メグレ侯爵もふくよかな腹部を揺らしながら言った。

「ラペイレット公女が皇太子殿下に捨てられた理由がよくわかる。傷物の分際で身の程知らず」

ジジイ……メグレ侯爵は今までふたりの奥さんを追い詰めて衰弱死させたモラハラ男だ。

兄が宰相で姪が皇后だから強い。

こいつは虎の威を借る狐だ。

下手に刺激したら詰む、と私はメグレ侯爵に視線を流した。

「メグレ侯爵、仰せの通り、私は傷物です。傷物を娶れば、メグレ侯爵の名誉に傷がつきます。ご辞退申し上げます」

私がへりくだって立ててやると、メグレ侯爵はモラハラ男特有の顔つきで鼻を鳴らした。

ふんっ、と。

「傷物公女、構わぬ。皇太子殿下のため、傷物を娶る。二度と悪事を働かぬよう、わしが躾をする」

メグレ侯爵に横柄な態度で宣言され、私の全身の血が逆流した。……そんな感じ。隠し持っていた魔導具を使いたくなるけど我慢して、反論しようとした瞬間。

ピカーッ、とエヴラール殿下が左手の指輪を金色に輝かせた。

刹那、私の身体が金色の鎖に拘束された。

手も足も動かない。

……こ、これ、反則。

淑女を魔力でぐるぐる巻きなんてゲスの極み。

エヴラール殿下の魔力は半端じゃない。

「……っ……殿下、お戯れが過ぎます」

私の魔力は微々たるもの。高価な魔導具で守られていなければ、この時点で気絶していたと思う。

エヴラール殿下も知っているくせにひどい。

「アデライド、拘束して嫁がせたくない」

これ、エヴラール殿下の最後通告。

私を魔力で拘束してでも、メグレ侯爵と結婚させる気だ。

下手をしたらぐるぐる巻きのまま、メグレ侯爵邸に叩きこまれる？

いくらラペイレットでも、メグレ侯爵邸に監禁された私を救おうとして騎士団で囲んだら家門が断絶する。

とりあえず、退却。

目指せ、避難。

ここから脱出できたら、あとはなんとでもなる。

私は必死になって頭を働かせた。

「私の結婚は父が決めます。エヴラール殿下との婚約も父が決めました。私は父から婚約者を紹介していただかなければなりません。貴族の娘の務めです」

皇太子であれ、宰相であれ、侯爵であれ、莫大な資産と武力を持つラペイレットが怖い。

今、皇宮に私の父がいれば、この吊し上げはなかったはず。

「私が許可した。ラペイレット公爵も異存はあるまい」

エヴラール殿下には何を言っても駄目。

私はメグレ侯爵に交渉を持ちかけた。

「メグレ侯爵、どうか父に求婚状をお送りください。ラペイレットに対し、ご配慮を賜(たまわ)りたく……」

ラペイレットは建国に関わった名門中の名門だ。ソワイエ帝国の盾となり、ずっと守ってきた。

「生意気な。ラペイレット公爵は娘の躾をしくじった」

「父は帝国の盾であるラペイレット、私の母の実家は帝国の剣であるブランシャールです。どうか父や祖父の顔を立ててください」

虎の威を借る狐には、虎の威を借る狐で対抗。

私は父と母方の祖父の権力でねじふせる。

序列第一位のラペイレット公爵と序列第二位のブランシャール公爵に背(そむ)かれたら、メグレ侯爵もエヴラール殿下も笑っていられないはず。

「よかろう」

エヴラール殿下が渋々ながら承諾し、私の拘束を解いた。私は崩れ落ちそうになったけれど、ラペイレットの意地で踏み留まる。

最後に根性を掻(か)き集めてカーテシーで退場。

なんであれ、想定外の断罪イベントの幕は下りた。

悪役令嬢、ヤマ場の大役をこなしたよ。

## 2　悪役令嬢、風とともに去りぬ。

吊し上げの大広間から出た後、メグレ侯爵が私から離れない。抵抗したら魔力で拘束されるのがわかるから、従順にエスコートされ、メグレ侯爵家の家紋が刻まれた馬車に乗りこむ。

予想だにしていなかった皇宮の去り方。

二度と来たくない。

「アデライド、妻は夫に逆らってはならぬ。よいな」

馬車の中、メグレ侯爵によるモラハラ教室が開催された。私は鍛え上げた淑女スマイルで耐えるのみ。

「はい」

「そなたはわしの言うことを聞いていればいい」

ソワイエ帝国は騎士道精神が謳われるレディファーストだけど、男尊女卑の傾向が強く、どんなに優秀な女性でも継承権はない。貴族女性の人生は結婚一択。逆らえば修道院送り。

「はい」

「傷物で罪人のそなたを娶るわしに感謝しろ」

「お言葉ですが、罪人ではありません」

「まだ反省しておらぬのかっ」

メグレ侯爵は醜悪な顔で私を殴ろうとした。

けど、私はおとなしく殴られている場合じゃない。スッ、と避けて馬車から見る街並みに声を上げた。

「侯爵、道が違いますわ。ラペイレット邸はまっすぐでございます」

「ラペイレット邸には行かん」

ラペイレット邸に向かっているとばかり思っていた。

やっぱり、私は甘い。

どこが、悪役令嬢？

「一度ラペイレット邸に立ち寄り、父と話し合ってくださるのではなかったのですか？」

「そなたをメグレ侯爵邸に送ってから、わしがラペイレット公爵と話し合う。逆らうな」

肝心のブツを監禁してから、結婚の話し合い？

やるね、ジジイ侯爵。

それでこそ、ヒーローに試練を与えたキャラだよ。

「私も直にお父様やお母様と結婚に関するお話がしたいと思います」

「生意気ぞ。デルフィーヌを見倣え。一度もエヴラール殿下に言い返したことがない。それ故、エヴラール殿下はそなたを捨ててデルフィーヌを選んだ」

デルフィーヌ嬢の純情可憐な乙女ぶりは高慢な宮廷貴族を虜にした。

そりゃ、ヒロインだもん。

あれにはみんなイカれるよ。

「メグレ侯爵のためです。私がどれだけお父様やブランシャール大公爵に溺愛されているか、ご存知ないのですね？」

「甘やかされ、なんの教育もされず、未熟だと知っておる」

「もし、私をこのままメグレ侯爵邸に連れて行かれたら、ラペイレット騎士団とブランシャール騎士団が襲撃すると思います。耐えられますか？」

間違いなく、お父様やお祖父様が黙っていない。

特に勇名を馳せたお祖父様はメグレ侯爵を毛嫌いしていた。

「謀反」

「メグレ侯爵は私を拉致した悪党になります。謀反ではありません。ですから、どうか、一度ラペイレット邸にお立ち寄りください。私も自分の手でいろいろ準備をしたいのです」

拉致、という言葉にメグレ侯爵の右頬が引き攣(つ)る。これ、ラペイレット公女じゃなかったら鞭(むち)打ち一〇〇回？

「そなた、わし以外に娶る男はおらぬ」

「わかっております。光栄です」

「皇后陛下はわしがいなければ、皇后に即位できなかった。兄はわしがいなければ、宰相になれなかった。忘れるな」

……うわ、それ、自分で言っちゃう？

原作、清廉潔白(せいれんけっぱく)なヒーローに黒い影を落とすキャラ。

本来、エヴラール殿下は皇太子ではなく、第二皇妃が生んだ第二皇子だった。

第二皇妃が皇后になれたのは、前の皇后や第一皇子である前の皇太子殿下など、邪魔者をメグレ侯爵が暗殺したから。

……ま、暗殺計画を立てたのが宰相、実行したのがメグレ侯爵。

だから、皇后陛下も宰相もメグレ侯爵は邪険(じゃけん)にできない。

「はい」

メグレ侯爵がいなければ、エヴラール殿下は皇太子ではなく単なる皇子だった。エヴラール殿下は後半のクライマックスで知って悩み、自分から廃嫡(はいちゃく)を申し出る。ヒロインや重臣たちに慰(なぐさ)められて立ち直るけどさ。

「わしの一存でそなたはどうにでもできる。恥の上塗りをするな」

「はい」

全精力を傾け、メグレ侯爵を丸めこんだ。

橋のような雲が浮かぶ空の下、貴族街でも一際豪勢なラペイレット邸に到着し、私はメグレ侯爵のエスコートで馬車から降りた。すでに断罪イベントが伝わっているらしく、執事長を筆頭に出迎えてくれた使用人たちは揃いも揃って死人のよう。

「アデライド様、お帰りなさいませ。メグレ侯爵、ようこそいらっしゃいました」

不幸中の幸い、お父様やお兄様の顔はない。

何事もなく、私はメグレ侯爵とともに玄関ホールから進み、客間に入る。

メグレ侯爵はラペイレット邸内の豪華さに刺激されたみたい。黄水晶と黄金のシャンデリアの下、忌々しそうに舌打ちをした。

「アデライド、わしの妻なら民を泣かす贅沢は許さぬ。わかっておるな」

これ、このまま受け取ったらアウト。

貴族言葉辞書で要約。

メグレ侯爵邸のインテリアにケチをつけるな、ってジジイ侯爵サマが言っている。そういうことだよね。ラペイレットのインテリアが予想以上に豪華だから圧倒されているんだ。今まで知らなかったほうが不思議。

ラペイレット貴族邸に一度も招待されなかったかな？

「はい」

「皇宮に飾るべき美術品を個人で所有するのは謀反の象徴。わしの妻にそのような愚行はさせぬ」

ラペイレット邸にどうしてこんな逸話のある美術品がたくさんあるんだ、とジジイ侯爵サマがいきりたっている。

そりゃ、始祖と力を合わせてソワイエを建国したラペイレットだから、逸話の詰まった美術品どころか遺物もあるよ。

「はい」

これ以上、我慢できない。

私はにっこり微笑んでから、蝶の髪飾りに見える防犯用の魔導具を発動させた。プシューッ、プシューッ、という音とともにメグレ侯爵の周りに灰色の煙。

「……ふ、ふぬぅ？」

メグレ侯爵の皺が益々深くなり、よろよろとよろめいた。

「お休みなさい」

「……こ、この……」

防犯用の魔導具から出た強力な睡眠魔力で、メグレ侯爵は天然大理石の床に倒れた。執事長が青い顔で覗きこむ。

「……アデライド様？」

執事長に驚かれたけど、私は構っていられない。

これこそ、悪女らしい所業じゃね？

「メグレ侯爵を一番いい部屋で寝かせて。鍵を忘れずに」

命に別状はない。

メグレ侯爵が変なクスリをやっていなかったら、二時間前後、寝てくれるはず。

「畏（かしこ）まりました」

「お父様やお母様たちは？」

「つい先ほど、お戻りになられました。お着替え中でございます」

親戚の見舞い先から瞬間移動できるゲートで慌てて帰ってきたけど、メグレ侯爵がどんな様子かわからないから様子を見ていた、と執事長は言っている。

「……疲れた……ガナッシュが欲しい……けど、のんびりしている暇はないの」

私が円柱に手をついて大きな溜め息をつくと、乳母（うば）に真っ赤な目で抱き締められた。

「お嬢様……お労（いたわ）しい……」

「ばあや、私は頑張ったよ」

ここで乳母は私の第二の母。

メガ盛りの鬱憤が飛んでいく。

「お茶のご用意をいたします」

執事長に促され、私は中庭が望める部屋で花と蜜の香りがする紅茶を飲んだ。焼き菓子はアーモンドクリームを詰めた格子模様のパイとピスタチオのガナッシュ。

「……生き返った」

二つ目のガナッシュを口にした時、リオネルお兄様が真っ青な顔で飛びこんできた。いつも貴公子然としているのに慌てている。

「アデライド」

お兄様は長身の超絶イケメン。

ビジュよすぎだし、底なしに優しいから、エヴラール殿下をなんとも思わなかったんだと思う。こんな兄がいたら恋はできない。

「お兄様」

ガバッ、とお兄様に抱き締められる。

「アデライド、どうして毒殺に侍女なんて使った？　僕に言えばよかったのに」

お兄様ことラペイレット小公爵に真っ青な顔で言われ、私は必死になって首を振った。

何がなんでも、お兄様に信じてもらわなければならない。

「お兄様、違う。はめられた。サビーヌの周囲を調べて」

「その侍女に関しては、調べさせている」

「そのうち、サビーヌが口封じで始末されると思う。濡れ衣を晴らすため、彼女は絶対に守って」

原作、アデライドの断罪シーン、専属侍女によってヒロインに対するさんざんな行為が暴露された。私、その専属侍女は半年前にクビにしている。

どうして、原作では名前さえ登場しなかったサビーヌが大嘘をついた？

原作補正だよね？

「わかっている。すでに手を打った」

「……ご、ごめんなさい」

溺愛してくれたお兄様の顔を改めて見て、堪えていた涙が溢れる。悔しい。悔しくてたまらない。お兄様にこんな思いをさせたくなかった。

「……あぁ、泣くな。アデライドは悪くない。父上も母上もわかっている。僕の可愛い妹は……いや、ラペイレットは罠に落ちたんだ」

皇宮は熾烈な陰謀が渦巻く激戦地だ。私も皇太子と婚約してから、幾つもの罠を乗り越えてきた。

「修道院送りでも処刑でも受け入れる。謀反を疑われるようなことはやめて。あっちの狙いはそれよ」

原作補正が活発化しているなら、次はラペイレットの謀反だ。今のエヴラール殿下ならば、いくらでもでっち上げる。何せ、皇帝陛下が体調不良で寝こんでいる最中。

「僕の天使、お前だけを露とさせない。お前の名誉を守る」

お兄様は優しく私の涙を拭う。エヴラール殿下相手に挙兵し、華々しく散る気だ。この様子ならお父様も同じ気持ち。

「挙兵する気なら、私は今ここで死ぬ」

お兄様の手を握り締め、私はいきり立った。前世の辛苦をすべて癒してくれた家族を逝かせたりしない。

「それだけはやめてくれ。アデライドがいなければ、僕も父上も母上も生きていられない」

……うん、お兄様たちの愛は疑いたくても疑えない。原作では冷酷無比な悪徳一族だったけど、私にはとことん甘い家族だった。

「……なら、みんな、生きのびることだけを考えよう。そのために、メグレ侯爵をだまくらかしてここまで来たの」

原作通り、ラペイレットは破滅しなければならないの？

……いいえ、そんなことはさせない。

悪役令嬢だけど、悪役令嬢らしいことは何もしていないのにこれはない。

悪役令嬢、これからよ。

私が密（ひそ）かに闘志を燃やすと、悲痛な面持ちのお兄様に抱き直された。

「アデライド、守れなくてすまない」

「お兄様は悪くないわ」

「メグレ侯爵のことを聞いた時、僕は自分の耳を疑った」

お兄様は見舞い先で、私に同行していたラペイレット騎士から伝達の魔導具で連絡を受けたという。婚約破棄より、メグレ侯爵との縁談に驚いたそうだ。

「私もびっくりした」

「アデライドの美貌（びぼう）を気に入っているのは確からしいが」

「そうなの？」

私は自分で言うのもなんだけど、クール系の美女だ。金髪碧眼（きんぱつへきがん）が多い帝国内、淡い紫がかった銀髪も紫色の目も珍しい。

「安心しろ。メグレ侯爵は始末する」

「……お、お兄様、あれでも宰相の弟で皇后の叔父だから始末しちゃ駄目。エヴラール殿下にとっては大叔父だし」

「毒殺の真髄（しんずい）を見せてやる」

『銀の貴公子』と揶揄（やゆ）される超絶イケメンが悪役令息（あくやくれいそく）そのもの。

「いざという時のため、メグレ侯爵は生かしておいて」

原作、ヒーローの試錬役として、なかなかいい味を出している。過去の罪を悔いて、自殺するまで生き延びてほしい。……いや、あのジジイ、自殺するようなタイプ？　どこかで心を入れ替えるのかな？

「ラペイレットの女神を侮辱(ぶじょく)したと聞く。生かしておく価値はない」

「あっさり殺すなんて軽すぎる。生き地獄を見せないと」

私が悪役令嬢らしく微笑むと、お兄様は悪役令息らしく目を細めた。意見の一致を見た時、お父様とお母様が現われる。

「アデライド、よく無事で」

お母様の目は潤(うる)み、今にも露(つゆ)になりそうなぐらい儚(はかな)い。

「お母様、ごめんなさい」

「アデライド、あなたは悪くないわ。可愛いあなたを守れなかった母を許してね」

お母様に優しくキスされ、私の胸が詰まる。……うん、こんな優しい母親を嘆(なげ)かせたことが苦しい。

バカバカ、私のバカ。

親孝行したかったのに。

「……いえ、ごめんなさい。私のせいで迷惑をかけました」

私の口から出るのはお詫びだけ。

「アデライド、気にせずともよい。私が甘かった。まさか、利発な皇太子殿下がこんな暴挙に出るとは思わなかった」

お父様が切々とした調子で言うと、お兄様も悔しそうに続けた。

「そうだ。アデライドはずっと皇太子殿下の不義に耐え、僕たちはなんの手も打たずに黙認してしまった。皇帝が公妾を持つことは当たり前だったから」

お父様もお兄様も、私と同じく平和ボケ？

帝国は一夫一婦制だけど、皇帝は一夫多妻が認められている。正妻の皇后のほか、側妃や愛妾を堂々と侍らせた。それでも、皇后とほかの妃の地位は比べようもない。皇太子と婚約した公爵令嬢が子爵令嬢を気にすること自体が笑いの種。

「皇后陛下も止めなかったのか」

皇帝陛下が決めた婚約を息子が破棄しようとすれば、なんとしてでも阻むのが実母である皇后だ。

けど、デルフィーヌ嬢は皇后陛下のお気に入り。

私がお妃教育でキリキリしている最中、皇后陛下は薔薇園でデルフィーヌ嬢と東国から献上されたお茶を飲んでいた。

「後ろ盾の宰相もアデライドを皇太子妃にしたくなかったのだろう」

エヴラール殿下の単なる恋の爆発じゃない。後ろ盾のピエルネ一族によるラペイレットへの宣戦布告だ。お父様やお兄様、お母様まで覚悟を決めた。

「挙兵だ」

お父様が当主として宣言した瞬間、私はテーブルを叩いた。

「駄目っ。あっちの仕込みが完璧なの。私を勘当したことにしてーっ」

お父様にお兄様にお母様に執事長に乳母に、部屋にいた人たちが全員、息を呑んだ。夢想だにしていなかったみたい。

「……か、勘当？」

お父様が青紫色の目をゆらゆらさせ、お母様は琥珀色の目に涙をいっぱい溜めた。お兄様の紫色の目は点になった。

「メグレ侯爵との結婚を拒否したら謀反になる。謀反としてでっち上げられる。ラペイレットも危険。ブランシャールも潰される」

メグレ侯爵の本心はわからない。ただ、エヴラール殿下は私が素直にメグレ侯爵に嫁ぐとは思っていなかったはず。

無理やり押しつけて、私が逃げだすことを待っていた？

原作にないから見当もつかない。

原作、メグレ侯爵とアデライドのシーンはなかったのに。

「アデライド、可愛いそなただけを苦しませぬ」

お父様に懊悩に満ちた顔で言われ、私は目を吊り上げて力んだ。

「私を勘当したら、すべて上手くいく。私を勘当しなきゃ、すべて終わる」

私も居心地のいい家から離れたくないけど、ほかに生き残る手がない。

「……しかし」

「私を勘当したら、メグレ侯爵との縁談も拒否できる。私の毒殺疑惑もスルーできる。ラペイレットもブランシャールも無事」

「……いや、それは甘い」

お父様に序列第一位の公爵家当主の顔で言い切られ、私はコクコクと頷いた。

「……うん、甘いと思うけど、その間に時間稼ぎができる。まず、私の無罪を証明して。傘下家門の結束も重要」

原作では、いきなり挙兵したから、さくっと制圧された。エヴラール殿下が指揮を執り、宰相とメグレ侯爵がサポートにつき、デルフィーヌ嬢はピンク色の髪を靡かせながらさめざめと泣いていた。決め台詞の『エヴラール殿下を愛してしまった私がいけないのです』をリピートしながら。

「我が家門、総力を上げ、調べさせている」

お父様も私が毒殺していないと信じてくれているからほっとした。大広間での断罪イベントの傷が癒える。……うん、覚悟していたけど、それまで仲良くしていた令嬢も嘲笑っていたから辛かった。

だからこそ、なんとしてでもラペイレットは守る。

「私は帝都にいないほうがいい。皇帝陛下が寝こんでいる今、エヴラール殿下の暴走を止められないから」

皇帝陛下の代理として、エヴラール殿下が全権を握っている。補佐は祖父のピエルネ宰相だから、エヴラール殿下を止めるわけがない。

「僕もついていく」

お兄様が身を乗りだしたので、私は慌てて押し返した。

「妹の勘当に跡取り息子がついてきたらアウト」

「大事な妹をひとりでは行かせない」

「お兄様は帝都に残らないと、明日にもラペイレット謀反で投獄よ。皇室に向かってにらみをきかせて」

私は歌舞伎役者を意識してポーズを取った。

「にらみ？」

「そうよ。にらみ……ブランシャールのお祖父様が怒り狂って挙兵しないように止めて」

お祖父様が甲冑姿で皇宮に殴りこむ姿が容易に浮かぶ。元々、ブランシャールのお祖父様やお祖母様は前皇太子の後見人だったから、エヴラール殿下やピエルネ一族を敵視していた。

前皇太子の死はブランシャールのお祖父様が早々に叔父様に家督を譲って隠居した理由。

「お祖父様、だいぶ頭に血が上っているようだ。お祖母様や叔父上たちが懸命に止めている」

「だから、お兄様はお祖父様を止めて。私の無実の証拠を掴んで」

「テオドールのほか、最低でも一個小隊、連れて行け」

お兄様が視線を流した先、私の専属騎士やラペイレット騎士団の精鋭が並んでいる。全員、やる気満々？

「なんのための勘当なの？　ひとりで行くわよ」

「危険だ。許さないっ」

お兄様が声を張り上げ、ラペイレット騎士団の精鋭たちが賛同するようにいっせいに相槌を打った。

「メグレ侯爵が目を覚ます前に出たいの。時間がないわ。ばあや、男装するから手伝って」

「……だ、男装？」

「私だってちゃんと考えているわよ。男のふりをするから大丈夫」

長身のお父様の血を受け継いだから、お兄様も私も背が高い。お父様やお祖父様にねだって、剣も習ったから意外に肩幅も筋肉もある。小柄なデルフィーヌ嬢と並ぶと悪目立ちしたものよ。私ぐらいの身長の男性は少なくない。

「アデライドなら男装しても女だとわかる」

お兄様に馬鹿らしそうに手を振られたけど、私は仁王立ちで抵抗した。

「もう時間がないの」

表向きは勘当。

私は護衛騎士も侍女も連れず、ひとりでラペイレット邸を後にした。もちろん、男装してローブ姿で。

原作を知っていながら後手に回った。

二度とやられない。

悪役令嬢、原作補正をへし折るわよ。

## 3　悪役令嬢、必勝アイテムを横取りします。

悪女が暴れると思っているの？
悪役一家が挙兵すると思いこんでいるの？
挙兵を煽っているの？

ラペイレット邸の周辺には皇宮騎士団が並び、出入りする者をチェックしている。今までラペイレットに対してこんな無礼はなかった。

私はお父様たちを宥めてから、隠し通路を使ってラペイレット邸を脱出した。ラペイレット傘下の子爵家の納屋に到着する。予め伝達の魔導具で連絡しているから、誰も周囲にはいない。そのまま裏口から子爵邸を出た。

貴族街の中心からだいぶ離れているのに、こんなところまで皇宮騎士団が目につく。

「ラペイレット邸の様子はどうなんだ？」

「今のところ、変わった様子はないが、あの悪女が黙っているわけないだろう。父親をたきつけてデルフィーヌ嬢を襲撃するはずだ」

「ラペイレット公爵はエヴラール殿下やピエルネ宰相を攻撃するだろう。アデライドを皇太子妃に据えて、宰相につきたいはずだから」

「せっかく平和になったのに謀反か」

「ラペイレットの謀反なら、ただじゃすまない。傭兵たちは浮き足立っているそうだ」

　皇宮騎士団の騎士たちの会話を聞きつつ、私は瞬間移動できるゲートに向かった。誰も私が話題の悪役令嬢だと思わない。金髪のウイッグを被ったのは正解だった。

「ここだけの話、ラペイレット公爵閣下は傭兵を掻き集めている。傭兵ギルドは戦争状態だ」

「ブランシャール公爵家は魔法師に金をばらまいている。これ、どっちが勝つかな？」

「いくらラペイレット公爵家とブランシャール公爵家でも、皇室には敵わないだろう？皇太子殿下にはピエルネ宰相がついている」

「今夜、アデライドが決起集会を開くから、傭兵や魔法師が帝都入りしているそうだ。気を抜くな」

　足早に行き交う人々の話題も、皇太子の婚約破棄とラペイレットの謀反だ。私の知らないアデライドが一人歩きしている。

　予定通り、貴族街のゲートは使用せず、商人街のゲートを使ったほうがいい。

　前世のように電車も飛行機もないけれど、ほんの一瞬で遠隔地に飛べる移動魔法陣がある。通称、ゲート。

ゲートからゲートまでしか飛べないから便利なようで不便。

けど、駅みたいなもんだし、ほんの一瞬で移動できるから不便なようで便利。

ゲートは一見、蜂蜜色の景色にしっくり馴染む時計台に見えるけど、天井と床には移動魔法陣が描かれ、魔法師がスタンバイしている。

受付担当者も警備の騎士たちも、ラペイレット謀反の噂で神経を尖らせている。何せ、帝都に流れてくる傭兵の数が半端じゃない。

「傭兵ギルド所属、リュカ。ロンシャンから来た。早くしてくれ」

「雇用先は？」

「これから決める。早くしてくれ」

……うわ、ごつい傭兵が次から次へと……これ、担当者がピリピリするのもわかる。

帝都から出ていくのは私ぐらい？

私は予め用意していた偽名で受付をした。

「主人の使いでドービニエに行きます。よろしくお願いします」

「目的は？」

ゲートの担当者に事務的に尋ねられ、私は低く絞った声で答えた。

「夫人の体調が優れず、ユーゴ薬師のポーションを買いに行きます」

稀代（きだい）の天才薬師として名高いユーゴ薬師のポーションを得るため、わざわざドービニエの秘境に行くケースは珍しくない。帝都でも滅多に出回らないし、あったとしても手数料や仲介料が加算されてべらぼうに高い。それでも、天才薬師のポーションを求める。救えない命も、ユーゴ薬師のポーションがあれば救われるから。

原作、本編も外伝もユーゴ薬師は最大のキーマンのひとりだ。

「あぁ、ユーゴ薬師のポーションか」

担当者は納得したように頷くと、専用の魔導具を操作した。私の目には綺麗な宝石箱に見えるけど、電話っていうか、顔が見える電話みたいな伝達の魔導具だ。

「ドービニエのゲートに連絡を入れます。…………許可が取れました。移動魔法陣のほうにお進みください」

帝都に入ろうとする傭兵とは裏腹に、私はあっさり許可された。黄金の柵が消え、移動魔法陣が描かれたスペースに進む。

担当の魔法師が杖で床の移動魔法陣を叩き、瞬間移動の呪文を唱えた。

さらば、帝都。

悪役令嬢、男装の麗人（れいじん）で去りぬ。

破滅フラグをへし折ったら戻ってくるわよ。

瞬間移動できるゲートで、瞬きもしない間にドービニエのゲートに到着した。帝都のゲートとはまるで違って閑散としている。……てか、受付担当者と魔法師のふたりだけ？　警備の騎士がひとりもいない？

「帝都からユーゴ薬師のポーションを買いに来ました」

「……あぁ、ユーゴ薬師のポーションか」

受付担当者に納得したような顔で言われ、私は悲愴感を漲らせた。

「はい。手に入れない限り、帰れません」

「そういう人、多いんだ。こんな秘境に来るのは天才薬師のポーション目当ての人ぐらい」

「ご主人様がユーゴ薬師に縋るしかないと判断されました」

「……あ、確か、少し前に帝都のポーション問屋が買い占めたって聞いた……うん、七日前に買いに来たお貴族様の従者もまだ帰っていないみたいだから……がっかりしないでおくれ」

受付担当者に同情するように肩を叩かれ、私は思わず聞き返した。

「……そ、それ、どういう意味ですか？」

七日前に来た貴族の使いが目的を果たせずに留まっているってこと？

「今、ユーゴ薬師のところにポーションはない」

ポーションが大量生産できないことは知っている。天才薬師のポーション生産も時間がかかることは聞いていた。

「……え？　つまり、在庫切れ？」

「辛抱強く待つんだ。誠意を見せれば、ユーゴ薬師は完成次第、売ってくれると思うよ。犯罪に使ったりしないだろう」

「はい」

「ドービニエの宿屋はどこも善良だから、ぼったくりは心配しなくてもいいよ」

「ありがとうございます」

「男装しても女の子だってわかるから気をつけるんだ」

受付担当者に諭すように言われ、私は背筋を凍らせた。……空耳じゃないよね？

「……うっ……わかりますか？」

「手も顔も綺麗すぎるし、仕草が上品だ。最高の淑女教育を受けた高位の貴族子女に見える。喋らないほうがいい」

受付担当者が哀愁を漲らせると、魔法師は同意するように頷いた。

「……はい」

「ユーゴ薬師のポーションを得るため、男装してやってくる侍女やメイドもいる。村でも理解してくれるだろう」

受付担当者に礼を言ってからゲートを出た。

手つかずの自然が広がる場所だ。空の高さも空気の味も風も帝都とはまるで違う。偏屈（へんくつ）という形容がつく天才薬師が、棲（す）みつく理由がわかる。

解毒用ポーションや体力増幅（ぞうふく）ポーションなど、各種ポーションは欲しかった。けど、それ以上に、欲しいものがある。

原作、ヒーローはドービニエの秘境で空飛ぶ絨毯（じゅうたん）を手に入れ、無双した。

そっちがそのつもりならやってやる。

あんな奴に空飛ぶ絨毯をゲットされたら世界の迷惑。

ヒーローアイテムを横取りする気で秘境に来た。

もう少し進めば秘境の入り口。

リスがいる……と思ったら、角（つの）が生えていたから魔獣だ。

「……あ、可愛くても魔獣には注意」

古来より秘境には魔獣が生息（せいそく）し、人が生活することはできなかった。それでも、天才薬師が移住したように土地のエネルギーが強い。魔獣の死体から魔石が採取できるから、皇室直轄地（ちょっかつち）になっていた。

毎年、帝国騎士団が魔獣狩りに励み、大きな犠牲を払っている。ラペイレット騎士団やブランシャール騎士団も、魔獣狩りに参加して大変だったと聞いた。原作でもヒーローは命を落としかけた。

勢いこんできたけど大丈夫かな？

原作補正で魔獣にやられて死ぬ？

……や、原作補正が働いたら、私はここでは死なない。

きっと悪役令嬢らしくみじめに殺されるはず。

瞼に原作の処刑シーンが浮かび、私は打ち消すように首を振った。ここで弱気になったら終わりだと思う。前世もそうだったから。

「……あ、ここかな？　お化けみたいな……幹が三本に別れている木……」

村人にひとりも会わず、私は秘境の目印となっている不気味な大樹に辿り着いた。前世、御神木として祀られていた三本木を思いだす。

これから先、道はないし、足場は悪いし、魔獣が跋扈している。

怖いけど、行くしかない。

ここで死んでもラペイレットとブランシャールが助かるなら悔いはない。……うん、ここで私が消えたほうが丸く収る。

「……あ、これ、ヒーローが滑り落ちそうになった崖だよね？」

目の前に現われた崖に腰が引ける。

けど、ヒーローに襲いかかった魔鳥は現われない。私は無事に通過し、ヒーローを食べようとした人食い花の畑も無事に避けられた。

ヒーローに降り注いだ槍の雨も降らない。

ごつごつの岩場も崩れない。

「……あれ？　空飛ぶ絨毯が隠されている石碑だよね？」

さしたる問題もなく、あっという間に、目的地に辿り着いた。切り立った岩に囲まれているけど、眩しい陽の光をさんさんと浴びている石碑だ。建国に尽力した伝説の大魔法師・レイが作ったという。初代皇帝と建国に携わったラペイレット公爵の名と家紋が刻まれている。

「……原作でこのシーンが好きだったから、呪文も覚えているはず……あっているよね？」

私は記憶を手繰り寄せてから、呪文を唱え、石碑に刻まれた家紋に触れる。

じんわりじわじわ、石碑に触れている手が熱くなってくる。

……よし、これは原作通り。

「ラ・ライ・レイπ　キリルラヴィπ　天に虹があるように地にも虹があり海底にも闇にも虹があり、橋になりて、風を呼び、盤石の器……」

手が熱いうちは大丈夫。

呪文を唱え終えた後、原作の皇太子のように石碑に訴えかけた。

「私はソワイエ帝国の建国に携わった英傑の子孫です。ソワイエの危機のため、大魔法師様、お力をお貸しください。あなたの魔力を詰めた遺物を賜りたく存じます」

これ、常人が呪文を唱えて家紋に触れても駄目。始祖の血筋、もしくは始祖と力を合わせて建国に関わったラペイレットの血筋のみに有効。

私もラペイレット公女だから資格がある。

ピカーッ、という眩い光りに包まれ、私は目を開けていられない。

その瞬間。

虹色の腕輪が石碑の前に出現した。

「……あ、これ……これだ……」

私は虹色の腕輪を手に取り、軽く飛ばした。

シュッ。

風とともに虹色の絨毯に変わる。

「……嘘」

あまりにもあっさり空飛ぶ絨毯をゲットした。

原作、ヒーローのあの苦労は何？

「まさか、偽物？」

原作の挿絵に描かれていた絨毯と、どこか違うような気がしないでもない。上手く言えないけど、虹色の薔薇をモチーフにした模様が美麗すぎる。

「……ま、やってみよう」

空飛ぶ絨毯を地面に置き、私は貴族的なお辞儀をした。

「初めまして。私はラペイレットの血を受け継ぐアデライドよ。今日からあなたの主人。よろしくね」

当然、返事はない。生き物でもない。魔法の絨毯だけど、建国に関わった大魔法師が自分の魔力を注いで作り上げた遺物……空を飛べる魔導具みたいなアイテム？

「秘境の入り口まで飛んでちょうだい」

私は絨毯に座ると、秘境の入り口の方向を指した。

その途端、絨毯が浮いた。

ヒュッ、ヒューッ、風を切って飛びはじめた。

「……ひっ……きゃーっ」

覚悟していたのに、いざ空飛ぶ絨毯が猛スピードで飛んだらびっくり。……いや、腰が抜けた。滑り落ちないように伏せの体勢。

眼下(がんか)に広がる木々や岩、海へ流れる川、豆粒みたいな牛や羊、玩具(おもちゃ)みたいに見える小さな家や水車小屋。

ストン。

瞬く間に秘境の入り口に到着。

腰は抜けたまま、絨毯から動けなかった。

「……や、やった……横取り、成功」

悪役令嬢、ようやく一矢報いた。


原作、ヒーローは天才薬師のポーションを持っていたから苦難を乗り越えられた。負傷したお父様やお兄様も、天才薬師のポーションがあれば救えた。

家族を救うため、なんとしてでも、天才薬師のポーションが欲しい。私は空飛ぶ絨毯を虹色の腕輪に変えると左手首に。

「……っと、ユーゴ薬師の家は村の外れ……こっちよね」

私はてくてく天才薬師の研究所兼自宅に向かう。目の前であどけない子供が泣きじゃくっているけどスルー。

原作を読みこんでいたからわかる。子供の正体は魔物だ。ヒーローは同情して手を差し伸べ、死闘を繰り広げることになった。

スルーしたら何もない。

たぶん、私が質のいい魔導具に守られていると感づいている。伝達の魔導具や記録の魔導具など、多くの画期的な魔導具を発明した天才魔導具師には遠く及ばないけど、ラペイレット専属魔導具師の腕はいい。たぶん、皇室専属魔導具師を凌駕している。

村人に会わないうちに、なんのトラブルもなく、お目当ての薬師宅に到着した。挿絵に描かれていたように、赤い煙突が印象的な木の建物。

呼び鈴を鳴らしても返事はない。

ユーゴ薬師のほか、助手がふたり、同居しているはず。

「初めまして。ユーゴ薬師はご在宅でしょうか？」

私はノックをしながら大声を張り上げた。けれども、返事はなく、耳に届いたのは鳥のさえずり。

留守かな？

辛抱強くノックをしていると、背中越しに咳払い。

「……娘さん、男の格好をしたほうが危険だと思うよ」

振りかえると、杖を突いた白い鬚の老人が立っていた。一目で不世出の天才と謳われている薬師だとわかる。

「……あ、その……」

いきなり、女だってバレた？

ユーゴ薬師が魔力持ちだからバレたの？

「鬘もあっていない。本当の髪の色は何色だね？」

帝国で一番多い暗めの金髪のウイッグを使用した。指摘された通り、私の真っ白な肌や瞳の色にはマッチしない。ウイッグはあるけど、カラコンがないのよ。

「……その、すみません。いろいろとありまして……その、ユーゴ薬師ですね？」

「いかにも」

「失礼しました。主人の命により、ポーションを……」

私の言葉を遮るように、天才薬師は吐き捨てるように言った。

「わしゃ、嘘をつく奴が大嫌いじゃ」

これ、直球勝負しか勝てん。

私は金髪のウイッグを取って、アデライドの代名詞みたいになっている銀髪を晒した。

突風で長い銀髪が靡く。

「失礼しました。私はアデライド、巷を騒がせている悪女です。誓って悪用しません。ユーゴ薬師の慈悲を賜りたく」

私が淑女の挨拶をすると、ユーゴ薬師は満面の笑みを浮かべた。どうやら、及第点？

「こんな僻地でもラペイレット公女の悪名は届いた。……美人じゃ。こんなに麗しいとは知らなんだ」

ユーゴ薬師にまじまじと顔を眺められ、私は高飛車に言い放った。

「私の美しさに免じて、ポーションをお譲りください」

売ってください、とアデライドと名乗ったからあえて口にしない。これも貴族の嗜みのひとつ。

「ほらほら、あれじゃ、エヴラール殿下の愛人を毒殺したのかい？」

「私をみくびらないでほしいわ。私が本気で毒殺を企てたのならば、今頃、デルフィーヌ嬢は冥府の女神に仕えていたでしょう」

「ほぅ～っ、それでこそ、銀の悪女じゃ」

ユーゴ薬師に感服したように笑われ、私は情けなくてたまらなくなった。こんなことなら、悪女を極めればよかった、って。

「本物の悪女なら毒殺未遂の汚名なんて被っていなかったわ。情けない」

「そうじゃな。要領の悪い悪女じゃ」

ばっさりとやられた感じ。

「このままだとお父様やお兄様が危険だわ。また私は毒殺犯に仕立て上げられるかもしれない。死人も生き返らせる天才薬師のポーションが必要なの」

原作、ヒーローはユーゴ薬師を味方につけ、ラペイレットが暗殺した側近や証人をポーションで救った。

「いくらわしのポーションでも死人は無理じゃ」

「毒殺されても、一分以内なら救えるでしょう？」

毒殺であれ、刺殺であれ、心臓が止まっても一分以内ならユーゴ薬師の奇跡で助かる。

だからこそ、皇室は専属薬師として囲いたがった。列強も拉致しようとした。すべて拒否し、ドービニエに棲みついたユーゴ薬師は政治的手腕も持っている。……や、宰相や皇后の弱みを握っている。

何があっても敵に回したらあかんヤツ。

けど、なんか、機嫌を取るまでもない？

機嫌を取ったほうが嫌われる感じ？

「毒の種類にもよるが、解毒用ポーションと再生用ポーションの併用が必要じゃ。様子を見ながら、体力回復ポーションを飲ませるがよい」

再生用ポーションは滅多に作れん、とユーゴ薬師は独り言のように続けた。

「ありがとうございます」

原作で知っていたけど、こうやって直に教えてもらえると嬉しい。私の悪評を真に受けていないような気がする。

「娘の一人歩きは危険じゃけど、男装した娘の一人歩きのほうがもっと危険じゃ」

「私、身長が高いから男に見えませんか？」

ローブを被っていたら男に見えるはず。

「ちょっとした仕草も淑女じゃ。お妃教育を受けた娘と受けなかった娘は宮廷貴族の令嬢でも違うでな」

「ご指摘、ありがとうございます」

「護衛騎士はどこじゃ？」

トントン、とユーゴ薬師は杖で地面を突き、人の気配を掴もうとしている。これは巨大な魔力持ちだからできること。

「ひとりです」

私があっさり答えると、ユーゴ薬師は顎を外しかけた。

「……ふ、ふぇっ？　な、なんと……危険じゃ。ラペイレット騎士団はどうしたんじゃ？」

「ラペイレットから勘当されました。……ということになっています」

偏屈天才薬師に嘘はつけないけど、真実をズバリ明かすわけにもいかない。これだけでも伝わるはず。

「……なら、傭兵でも雇ったほうがいい」

「傭兵？」

「誰か護衛につけんと、取り返しのつかないことになる。この世は悪女令嬢が想像している以上に物騒でな」

「心配してくださってありがとうございます」

「噂の悪女なら礼のひとつも言わん。噂って言うのは不思議じゃな」

ユーゴ薬師は笑いながら、建物の中に招いてくれた。薬草が詰められた瓶が並ぶ部屋、ポーションを手渡される。

代金を渡し、何度も礼を言った。

ポーションを手に入れた後、私は空飛ぶ絨毯に乗って、ドービニエを去るつもりだった。けれど、ゲートの親切な受付担当者が気になる。私がゲートを使って帝都に帰ることを待っているような感じ。護衛のこともあるし、一度帝都に戻ったほうがいいかもしれない。

私はゲートに向かって歩きだす。

ヒーローは空飛ぶ絨毯を手に入れた後、皇宮まで飛んで帰った。療養中の皇帝にポーションを飲ませるために。

原作を思いだしつつ進んでいたら、瞬く間にゲートに到着する。なんか、様子がおかしい。

「……ど、どうにかしてくれ。一刻も早く、ポーションを届けなければお嬢様の命が危ない」

どこかの貴族の従者らしき男が受付担当者に縋っている。

「俺に出来ることはゲートが復旧することを祈るだけだ」

受付担当者は悲痛な面持ちで拝むように手を合せた。

「魔法師がいるのに何をやっているんだ？」

「魔法師が何人いても、ゲートはそう簡単に直せない。わかってくれ」

「お嬢様を殺す気か？」

「お嬢様を救いたいのはよくわかる……が、ゲートは当分の間、復旧しないと思う」

受付担当者の爆弾発言に驚いたのは私だけじゃない。従者はこの世の終わりのような顔で震えた。

「……と、当分の間？」

「確かなことは言えないが、ラペイレット謀反の噂があるから、ゲート修復は普段より遅れると思う。馬を乗り継いだほうが早いかもしれん」

「ふざけるなっ。馬を乗り継いでも七日はかかるっ」

ゲートが故障中だと、会話を聞いてわかった。一瞬、躊躇ったけれど、私はトーンを落とした声で口を挟んだ。

「……あの、どうされたんですか？」

あえて何もわからないような感じで尋ねたら、受付担当者は救世主に会ったような顔で答えてくれた。

「あ～っ、ユーゴ薬師のポーションは無事に買えたのかい？」

「はい。おかげさまで手に入れることができました。ゲートがどうかしたんですか？」

「魔獣にゲートの中心塔を破壊されて、帝国内のゲートが停止した」

「……え？　帝国中のゲートが？」

帝都のゲートが壊れたとか、ドービニエのゲートが壊れたとか、そういうのはたまにあるけど、帝国中のゲート停止は初めて聞く。

……いや、原作では一度あった。

あれ、ラペイレット挙兵前日のこと。ラペイレットが帝都を落とすため、ゲートの中心塔を破壊して帝国中のゲートを使えないようにした。ゲートを使って各領主の援軍が帝都に入ることを阻止するため。

どうして、今？

まさか、お父様やお祖父様がブチ切れたの？

「ゲートは移動魔法陣と魔法師の力だけでは動かない。莫大な魔力と魔石のエネルギーで動いていることは知っているかい？」

「はい。皇室直轄地にあるゲート中心塔に備蓄しているエネルギーを各ゲートに送っていると聞きました」

だから、原作でラペイレットはゲート中心塔をピンポイントで狙った。実際、皇太子派の貴族はゲートが使用できず、援軍を率いることができなかった。

なのに、空飛ぶ絨毯で無双した皇太子の勝利。

「それ、そのゲート中心塔が魔獣に攻撃されて破壊された。皇室専属魔法師が駆けつけて修復中だ。待っておくれ」

……魔獣？

本当に魔獣なのね？

魔獣の襲撃に見せたラペイレットの攻撃じゃないよね？

「これ以上、待てない。それでなくも、ユーゴ薬師のポーションが在庫切れで七日も待ったんだ。やっと今日、ついさっきポーションを受け取ったのに……お嬢様が……」

原作、帝国中のゲートが使用できず、一般市民も困り果てた。挙兵したラペイレットとブランシャールが憎まれた理由のひとつ。

「……その、お嬢様？　どこかお悪いのですか？」

「……俺がお仕えしているお嬢様は生まれつき身体が弱くて、ユーゴ薬師のポーションで生き延びている状態です。ユーゴ薬師と交渉して定期的にポーションを買わせてもらっていましたが、お嬢様が体調を崩していつもより多くポーションを使って、足りなくなり、急遽、用立ててもらったのに……」

今にも朽ち果てそうな顔で捲し立てられ、私の心が疼いた。左手首にはヒーローから横取りした必勝アイテムが輝いている。

「お嬢様はどこにお住まいですか？」

「サレです」

サレは風光明媚な海辺の街だけど、原作には何度も登場している。ヒーローとヒロインが心酔する天才魔導具師が住んでいるからだ。

「……サレ伯爵領のサレ？　塩の名産地のサレ？」

天才魔導具師の愛娘は病弱で、ユーゴ薬師のポーションで生きていた。……うん、もしかしたら？

「そうです。ご存知ですか？」

「お役に立てると思います。私が代わりに届けましょう」

「……え？」

「お嬢様を救わせてください」

私は虹色の腕輪を外し、軽く飛ばした。

シュッ。

ほんの一瞬で虹色の絨毯に。

「……そ、それは？」

従者はよほど驚愕したらしく腰を抜かした。受付担当者も惚けた顔でへたり込んでいる。魔法師まで口をポカンと開けて石化。

「空飛ぶ絨毯……っと、飛行の魔導具です。これなら早馬より早い」

魔導具、と説明したら理解してくれた。

「……あ、あ、あーっ、サレのギルマン男爵のお嬢様です。伝達の魔導具や記録の魔導具を発明した魔導具師をご存知ですか？」

やっぱり、平民なのに魔導具の発明で男爵位を授けられた天才魔導具師のレジス・ギルマンだ。

原作、ひょんなことがきっかけで、ヒーローが空飛ぶ絨毯でギルマン男爵令嬢のポーションを運んでいた。それでギルマン男爵は無条件でヒーローに肩入れするようになったんだ。ラペイレット専属魔導具師も神がかった天才には敵わない。

「映像の魔導具を発明されたのもギルマン男爵ですね。前々から尊敬していました。お役に立たせてください」

お父様とギルマン男爵の仲は悪かったけど、私がラペイレット公女だと気づかれなければ大丈夫よね。

「……あ、あの、失礼ですが、どちら様ですか？　……女性ですよね？」

興奮していた従者にも女だと見破られた。

「……あぁ、今、ここで伝達の魔導具でギルマン男爵に連絡を入れてください。私が届けられなかったら、事故に遭ったと思ってください。神に誓って持ち逃げしません」

私は手をまっすぐ上に上げてから自分の胸に当てた。誓いを破ったら命を捧げる、という宣誓（せんせい）だ。

「ユーゴ薬師の慧眼（けいがん）は確かです。ユーゴ薬師がポーションを与えた人なら信用できます。お願いします。お嬢様を救ってください」

深々と頭を下げられ、私も膝をついて手を取った。

「お嬢様、救いましょう」

ヒーローアイテムを横取りしたから、ヒーローの代わりに病弱な令嬢を助ける。

待っていてね。

悪役令嬢、飛びます。

# 4　ドラゴン印の宅配便、オープン。

こんなに簡単に届けていいのかな？

そりゃ、飛ぶのは怖かったけど、方向を指で差しながら行き先を告げただけで、なんのトラブルもなくあっという間にギルマン男爵邸の上空。

連絡がきっちり届いているらしく、すでに門の前や玄関前では使用人たちが待ち構え、旗やハンカチを振っている。……いや、驚いているみたい？　誰か、腰を抜かして座りこんでいる？　これ、好奇心旺盛な天才魔導具師宅じゃなかったら通報されていたかな？

ギルマン男爵令嬢のため、一刻の猶予もない。

「ありがとう。サレのギルマン男爵邸の玄関前に降りて」

空飛ぶ絨毯に指示すれば、風を切って急降下。

私は門の前ではなく、防犯の魔導具の犬が置かれている玄関前に降りた。

「……う、嘘だと思ったが本当だったんだ……絨毯が飛んでいる……」

「……ひ、飛行の魔導具……こんな奇跡みたいな……」

「旦那様でも飛行の魔導具は諦めたっていうのに……実験で何度も死にかけたから……」

呆然と立ち竦む使用人の間から、当主だと思われる男性が物凄い勢いで飛びだした。

「ユーゴ薬師のポーションは？」

挿絵で描かれていたように、年齢不詳の天才魔導具師だ。よほど慌てているらしく、挨拶という貴族としてのマナーがすっぽり抜け落ちている。

娘を溺愛する父親は好き。

「ご挨拶は省かせていただきます。こちらです」

私が一言断ってからポーションを差しだすと、天才魔導具師は貴族としての自分を思いだした様子。

「……あ、挨拶……私はマリアンヌのパパだ」

挨拶と言っていながら、肝心の名前がすっ飛んでいる。マリアンヌのパパ、そんなところも胸きゅん。

「ご挨拶、ありがとうございます……けど、早くマリアンヌ嬢にポーションを」

「礼は後でっ」

バタバタバタッ、と凄まじい勢いで小さくなっていく背中を見送った。原作、令嬢の将来は綴られていなかったけど、死亡の文字はなかったはず。

私はこのまま帰るつもりだったのに、家令だと名乗った紳士に引き留められた。

「どうぞこちらに」

原作、ヒーローはポーションを届けた後、謝礼を受け取るどころかお茶も飲まずに飛び去った。天才魔導具師が心酔した最大の理由のひとつ。

「結構です。失礼させていただきます」

私の場合、長居したらギルマン男爵家に迷惑がかかる。お父様とギルマン男爵の仲もよくなかった。

「このまま帰しては我が家の名折れ。ギルマンに恥をかかせますな」

「人として当然のことをしたまでです。令嬢が助かればいい。それだけでした」

ヒーローのアイテムを横取りしたから、代理として役目を果たした。この件に関し、見返りは求めていない。

お願いだから帰して。

なのに、進行方向に人間のバリケード?

「このまま帰しては私どもが罰を受けます」

家令が生真面目そうな顔で断言した後、バリケードと化していた使用人たちがいっせいに相槌を打った。

「私がここに長居したらギルマン男爵の立場が危なくなります。あなたは主人のため、行動してください」

お互いのため、本名は名乗らないほうがいい。私の素性を知れば、ギルマン男爵家の立場が危なくなる。

「それは男装していることに原因がありますか？」

ここでも一目で女だと見破られた。

「はい。私の素性を知れば納得されると思います」

「我が主人は巷では天才と呼ばれている魔導具師でございます。腕一本で莫大な財を築き、男爵位を授けられました。皇室専属を拒絶しても悠々自適に活動しています」

侮るな、とギルマン男爵家の家令は言外で語っている。確かに、皇帝陛下直々の誘いを断っても無事だったけれど、それとこれとは話が違う。

「双頭の金獅子の雨を避ける力はあっても、双頭の金獅子の雨を受ける力はないでしょう？」

あえて私は貴族的な言い回しをした。双頭の金獅子とは皇室のこと。皇室の紋章が双頭の金獅子だからよく使われる。

「……双頭の金獅子に大雨を降らせようとしている家門に心当たりがございます」

家令は私の正体に気づいた瞬間、火刑宣告を受けた被告人のように震えた。背後の使用人たちは土色の顔で喉を鳴らす。

「ギルマンが嵐に遭遇しないように下がらせていただきます」

私がカーテシーを決めようとした瞬間、いきなり背後から声をかけられた。

「まさか、銀の悪女か？」

振り向けば、いつの間にいたのか、天才魔導具師が立っている。幻の珍獣を眺めるような目つき。

「娘を愛する魔導具師のため、名乗りたくありませんの。ここで風に乗らせていただきますわ。ごきげんよう」

華麗にカーテシーを決めた。

なのに、天才魔導具師に行く手を阻まれた。

「アデライド嬢、待て。噂とは全然違うぞ」

だから、名前を出しちゃ駄目。

どうして出すかな？

「ギルマン男爵のお名前に傷がつきます」

いくらなんでも、私を自宅に招き入れただけで謀反に加担したと疑われない？……天才魔導具師は大丈夫だよね？

「私は魔導具師だ。立場なんて気にしていたら、魔導具の発明はできない。ラペイレット公爵家のアデライド嬢だな？」

お父様と確執があったことは知っている。過ぎし日、ラペイレットの専属にしたくて妨害した。娘の贔屓目（ひいきめ）で見てもお父様が悪い。

「悪女でごめんあそばせ」

「あの悪徳公爵の娘、噂の悪女がどうしてうちの娘を助けてくれた?」

不可解そうな顔で覗きこまれ、私は扇（おうぎ）を振り……や、扇は持っていないから手を振った。慣れって怖い。やっぱ淑女に扇は必須。

「マリアンヌ嬢は助かりましたのね。よかったです」

原作、レジスは結婚する気はなく、生涯独身を貫くつもりだったという。なのに、年齢的には子供みたいな妻を娶り、孫みたいな娘を授かった。妻が亡くなった後、娘に心血（しんけつ）を注いでいる。

「危なかったんだ。覚悟しろ、と薬師に言われていた。助かった。礼を言う」

レジスにとってマリアンヌ嬢は命そのもの。

「ほんの偶然です。私もユーゴ薬師のポーションを得るためにドービニエに向かいましたの」

「もう一度聞くが、その悪女がどうして私の娘を助ける?　ラペイレット公爵閣下はうちを潰そうとしていた」

天才魔導具師がしつこい。

こんな性格だった?

私が令嬢を助けたことがそんなに不思議？

何か目的があると、怪しんでいるのかな？

お父様も派手にやらかしているから？

「飛行の魔導具ならば届けられると思ったの」

「だが、あの悪女ならば助けられる命も虫けらのように殺すはずだ」

発明家らしく自分が納得しない限り、引かない？　そんな感じ？　いったいどんな噂を聞いたのかな？

「天才魔導具師も噂に惑わされましたのね」

「……そうだな。噂の悪女に見えない。噂が真実ならユーゴ薬師はポーションを売らないはずだ」

「ラペイレット謀反の関係者になりたければ引き留めてもいいわよ」

私が煽るように言うと、天才魔導具師は不敵に口元を緩めた。

「娘の恩人、望むところだ」

さりげなくエスコートされ、ドラゴン型の映像の魔導具が飾られた部屋に案内される。すでに紅茶の用意がされ、三段重ねのプレートにはサンドイッチや焼き菓子、ガナッシュが盛られていた。

ここまでされたら断ることはできない。

私は猫足の椅子に腰を下ろした。

「ギルマン男爵、毛嫌いしているラペイレットと心中する気？」

私が直接話法で尋ねると、天才魔導具師はあっさり答えた。

「ラペイレット公爵はともかく、アデライド嬢は娘の恩人」

「よく今まで手折られずにすみましたわね」

「私は腕一本で生きている魔導具師だ。レジス、と呼んでほしい」

ファーストネームを呼ばせることは意味がある。

思わず、胸熱。

……いや、何か裏がある？

私は自分の腕にある虹色の腕輪に視線を止めた。

「レジスは飛行の魔導具に興味があるのね？」

原作、天才魔導具師はヒーローが乗る空飛ぶ絨毯に夢中になった。かつて自分で開発しようとして断念した魔導具だ。

「それもある」

レジスにニヤリと笑われ、私は悪女スマイルを浮かべた。

そういうところ、嫌いじゃない。

「アデライド、って呼んでもよろしくてよ」

「光栄だ」

「コピーしたいの？」

「それもあるが、私も至急、届けてほしい荷物がある。頼めるかな？」

実はゲート故障で困っていた、とレジスは傍らの助手と視線を合わせながら続ける。助手も真顔で大きく頷いた。

スッ、と差しだされたのは印刷の魔導具だ。Ａ４サイズまでのコピー機みたいなもの。重いけれど、私でも持てる。

「いいですよ」

「料金はいくらだ？」

「無用ですわ」

私は軽く言ってから、黒スグリの紅茶を飲んだ。ガナッシュの誘惑にも負け、菫のガナッシュに手を伸ばす。

「アデライド嬢が悪女の汚名を着たわけがわかった。甘い」

レジスにぴしゃりと指摘され、私は派手に肩を竦めた。

「甘いのは否定できませんわ」

「こういうのはちゃんとしないとつけこまれる。利用され、搾取され、飛行の魔導具を奪われた挙げ句、投獄される。よくて断頭台、運が悪ければ串刺しの刑」

　レジスが舞台役者のように言うや否や、家令や助手たちも賛同するように大きく頷いた。悔しそうに歯を噛み締めたのは一番若い助手だ。

「……え？　そんなに？」

「嘆かわしいが、世の中は理不尽だ。善意が破滅を招く」

　レジスが語った世情に覚えがあった。私に毒殺犯の濡れ衣を着せた侍女に対し、私は優しく接したと思う。デルフィーヌ嬢にだって敵対せず、ほかの令嬢たちからの攻撃を庇ったのに。

　恩を仇で返された。

　原作補正もあったと思うけど、ナめられた感じ？

　今思えば、原作通りの純情可憐な乙女ではないよね？

「……あ、わかるような気がする」

　お取り巻きの令嬢にもひたすら優しく接していたら侮られた？　何をしてもいいと、見くびられたのかな？

「運び屋と同じ金額を設定することを勧める。高くても安くてもいけない。後発の業者は注意しろ」

「運び屋？　麻薬の運び屋みたいなの？」

　令和の知識が私の脳裏を過った。

「深窓（しんそう）の悪女、いったいどんな想像をしているのか知らないが、この世には荷物を運ぶ業者がいる」

「……あぁ、単純な意味で運び屋？　運ぶから運び屋……そういうことね」

「業者と直に契約する運び屋はいるが、いつ信頼関係が崩れるかわからない。運び屋ギルドに登録して仕事を回してもらう運び屋が多い」

紅茶二杯分の時間、レジスに無料で荷物の搬送を請け負うことを注意された。そうして、思い出した。令和の日本で私は宅配便のバイトで乗り切ったんだ。

「宅配便をオープンするわ」

私が宣言した瞬間、レジスは長椅子から腰を浮かせた。

「…………………………た、宅配便？」

レジスの視線の先にはとんでもない子がいる。……うん、とんでもない子になった気分。

「荷物を運ぶ仕事よ」

ここでは宅配便どころか、郵送システムも整えられていない。皇族や貴族にしても手紙や荷物は従者に託し、直に届けさせている。軍事面にしろ、商業面にしろ、未だに伝書鳩が使われるケースが珍しくない。

「運び屋か？」

運び屋が商人や貴族の専属になったり、契約したりして、荷物の搬送を請け負うことも多い。強盗や魔獣の襲撃の危険が大きいから、元傭兵の運び屋が少なくなかった。つまり、危険度が高い仕事。

「そうね。空飛ぶ運び屋。ただ運び屋と違って小さな荷物ひとつからでも引き受けるわ」

空飛ぶ絨毯を使えば、リスクは回避できる。

「利益が出るか？」

「私だけでやるから利益は出るはず」

空飛ぶ絨毯は最強アイテム。護衛として多くの傭兵を雇う必要はないし、宿泊費や交通費は必要ない。

「画期的なビジネスになるかもしれない。投資する。保証人にもなるぞ」

天才魔導具師は子供のように目をキラキラさせて身を乗りだした。この反応を見る限り、上手くいきそう？

「投資も保証人もいいわ」

「悪いことは言わない。運び屋ギルドでも商業ギルドでも……運び屋は荒くれ集団だからやめろ。商業ギルドに登録したほうがいい。何かあった時、守ってもらえる」

「私に何かあった時、相手は双頭の金獅子よ」

「双頭の金獅子相手でも商人や職人ならば戦う手を持っている」

レジスに男の目で言い切られ、私は帝国の仕組みを脳裏に浮かべる。確かに、天才魔導具師の説には一理ある。現に、天才魔導具師はラペイレット公爵の妨害を阻み続けた。

「……私の名で登録できるかしら？　噂の名を聞けば逃げだすのではなくて？」

矛盾しているかもしれないけれど、偽名を使いたくなかった。

「この印刷の魔導具の届け先がサレ伯爵家だ。商業ギルド長がサレ伯爵だからちょうどいい。銀の悪女にビビるような男じゃない」

サインしなさい、とレジスは商業ギルドの登録文書を差しだした。

サレ伯爵といえば皇帝陛下のご学友で、皇室に絶対的な忠誠を誓う家門だ。代々、ラペイレットと仲は険悪。

「サレ伯爵ならば槍を構えそうですわね」

いくら一代限りの男爵でも、うちとサレ伯爵の関係を知っているはずなのに。

「私がラペイレット公女の保証人になったと知れば驚くだろう。楽しみだ」

今までギルマン男爵はサレ伯爵と共闘してラペイレットに対抗していた。お父様も意固地だから、こじれにこじれて混戦中。

「勘当されたことになっているから、家名は絹に包んでほしいわ」

私がサインした後、レジスが保証人としてサイン。

後は印刷の魔導具を届けるついでに、サレ伯爵領主のところで登録するだけ。……なんだけど。

「アデライド、助かった。改めて礼を言う。感謝する」

レジスに頭を下げられ、私は軽く首を振った。

「レジス、お礼を言うのはこちらよ」

闇夜の海で灯台の光を見つけた気分。

「……その、宅配便？　屋号は？」

「アデライド商会、ドラゴン印の宅配便」

過ぎ去り日の思い出の中で、ふわりと浮かんだのがドラゴンだった。小さなドラゴンを見た時の感動は鮮明に思い出せる。

『……あ、あ、お空にちびドラゴンがいるーっ』

第一皇子と私の婚約式、空を飛ぶ小さなドラゴンを見て、追いかけた。転んで泣いて慰められた。

『なんて、めでたい』

『セドリック皇太子殿下とラペイレット公女の婚約式をドラゴンが祝ってくださったのでしょう』

あの時、誰もが輝かしい未来を信じて疑わなかった。

「ドラゴンか」

神話時代、人間とドラゴンは共存していたという。建国にドラゴンが協力したという伝説も残っている。今現在、ドラゴンは激減し、人目に触れることも少なくなった。生涯、ドラゴンを見ずに終わる人が多い。

「ドラゴンをご覧になったことがありまして？」

「私はない。アデライドはあるのか？」

「セドリック殿下と婚約式の時、皇宮の空を飛んでいました」

本来、前の皇太子殿下が私の婚約者だった。華々しい婚約式で小さなドラゴンを一緒に見た第一皇子と前皇后は露と果てた。

「……あぁ、アデライドは先の皇太子殿下の婚約者だったな」

レジスは思いだしたように膝を打つ。皇宮のみならず帝都でドラゴンが確認されたのは、私とセドリック殿下の婚約式が最後。

セドリック殿下が母方から古代龍人族の血を受け継いでいるから、と真しやかに囁かれた。

「後悔が募ります」

あの時、ヨチヨチ歩きの女児だったけど中身は成人していた。ライトノベルの世界だと気づいていれば、助けられていたかもしれない。二歳年上の第一皇子は可愛くて優しかった。マジ天使。

「痛ましい事故だった」

「私、これ以上、後悔したくありませんの」

原作無視、心の中でリピート。

「どうした？」

「お願いがあるのだけど、いいかしら？」

家族を守るため、天才魔導具師の怒りを解きたかった。原作、ラペイレットはレジスの画期的な魔導具が入手できず、苦労していたから。

「なんでも言ってくれ」

「お父様のこと、心より謝罪します。お父様はレジスの才能を愛しすぎただけなのよ」

私が頭を下げると、レジスはどこか遠い目で呟くように言った。

「ラペイレットの専属を断った後がひどかった」

お父様はなんの後ろ盾もない平民を専属にして守ろうとした。レジスにしてみれば、勝手に金を押しつけ、束縛しようとした権力者。

「レジスの才能が脅威でもあったと思う。けど、お父様が本気で潰そうとしていたら、レジスの首は胴体と繋がっていないわ」

結局、お父様も甘い。悪党になりきれない。専属にできなければ、殺そうとする権力者は多いのに。

「皇室の専属を断っても無事だったのは、ラペイレットの専属を断ったからだと聞いている」

レジスはどんな権力者にも靡かない孤高の天才として名を馳せた。だからこそ、原作、支持したヒーローの名声も高まった。

「そうね」

「娘の恩人の父親だ。すべて水に流す」

レジスにあっけらかんと言われ、私の背中に張り付いていた十字架が消えた。……ような気がする。

「ありがとう。感謝するわ。今後、ラペイレット関係者がレジスの魔導具を購入しようとするのを禁じないでね」

これが重要。

レジスの魔導具が使えるか、使えないか、今後を左右する。

ラペイレット専属魔導具師も闇ルートで入手したレジスの魔導具をコピーしようとしたけど、結果は惨憺たるものだった。

「わかった」

天才魔導具師は自分が気に入った相手にしか魔導具を売らない。見込んだ業者にしか、卸さないのだ。

「早速、私に記録や映像の魔導具、お譲りくださらない」

私がオーダーした魔導具だけでなく、防犯や照明など、最新式で高性能の魔導具が目の前に用意された。宅配便専用としての伝達の魔導具まで。

「アデライド、まず、サレ伯爵の度肝を抜いてやれ」

天才魔導具師がどこか悪戯っ子みたいな顔。

「念のため、サレ伯爵に伝達の魔導具で先に連絡を入れてください。弓矢の的になりたくありません」

サレ伯爵が憤怒の形相でお父様に詰め寄る姿を覚えている。いつも仲裁していたのは宰相だ。

「そうだな。予め聞いていたけど、びっくりした」

「悪女の宅配便だ、って一言添えてもらうと美しいわ」

「悪いことは言わないから男装をやめろ。銀の悪女姿で行け」

「私が美し過ぎるから無理ね」

「うちの騎士を連れていけ」

いくら帝国の至宝と称えられた天才魔導具師でも、噂の悪女に家門の騎士をつけたらアウト。

「行ってくるわ」

「……ま、待て」

想定外だけど、空飛ぶ絨毯で飛び立った。

ドラゴン印の宅配便、スタート。


ウイッグが外れそうになって慌てたけど、サレ伯爵邸まであっという間。

「……レジスの悪戯じゃなかったのか」

空飛ぶ絨毯で玄関先に降りると、サレ伯爵は呆然とした面持ちで呟いた。案の定、手には戦友と呼んでいる大きな槍。

ズラリと並んだ騎士たちも一様に緊張している。

「ドラゴン印の宅配便、レジス・ギルマン男爵より、お気持ちを届けに参りました」

私は明瞭な声で言ってから、空飛ぶ絨毯を腕輪に変えて左手首に。

「……お気持ち？」

サレ伯爵のピーコックグリーンの目がゆらゆら。

「ドラゴン印がお届けするのは単なる荷物ではなくお気持ちです」

私が印刷の魔導具を差しだすと、サレ伯爵は口元を緩めた。

「噂の悪女はいいことを言う」

サレ伯爵が顎を決った先、執事長が慇懃無礼な挨拶をするから印刷の魔導具を手渡した。

ラペイレットと悪女に対する嫌悪感を隠さない奴。

「まず、受け取りのサインを記録の魔導具にお願いします」

レジスから譲り受けたばかりの、最新式の記録の魔導具を取りだした。Ｂ５サイズの薄い箱に見えるけど、タブレットみたいな優れ物。

天才魔導具師も異世界からの転生者じゃないのか、そう思ってしまうくらい革命的な発明が多い。

「……なるほど」

サレ伯爵は宅配便のシステムに感服しているように見えた。領主としてきっちりサインしてくれる。

「受領のサイン、いただきました」

「レジスから聞いている。商業ギルドに登録したいんだろう？」

以前、皇宮の舞踏会で投げられた厳しい視線とは違う。これはレジスの一言があったからよね。

「レジスに強く勧められました」

「賢明だ。レジスが保証人を買ってでるとは、よほど気に入られたんだな」

「神に愛された器が霧に包まれたとお思い？」

レジスが私に騙されたと思っていますか？

当然、サレ伯爵は貴族的な言い回しを理解できる。眉間の皺をさらに深くして、顎を撫でながらながら唸（うな）った。

「……ん、霧に包まれたと思えないから戸惑っている。レジスとは人の趣味が同じだ」

レジスが気に入ったのならば私も気に入るはず。

サレ伯爵はだいぶ動揺しているみたい。

「女神の祝福を受けた国の霧は深いようです」

危険だから、私に近づくな。

注意したつもりが、サレ伯爵はばっさり切りこんできた。

「……で、アデライド嬢、ラペイレット謀反の計画は？」

貴族的な言い回しは終了。

「サレ伯爵まで根も葉もない噂に惑わされないでください」

「傭兵たちが帝都に集結して、各領地から護衛が消えた。武器も火薬も薬も薬草も三倍になった。塩の値段は二倍」

サレ伯爵からなんとも形容し難いジレンマが伝わってきた。

「どこかの誰かが、ラペイレットに謀反させたくて暗躍しているのでしょう」

間違いなく、サレ伯爵は裏工作に励んでいる宰相一派に気づいている。ひょっとしたら、エヴラール殿下も関わっているのかもしれない。基本、サレ伯爵は戦争反対派。

「ラペイレットが挙兵のため、ゲートを破壊し、使用できないようにした。今、一番根強い噂だ」

「ゲートが使えなくて、一番困っているのは誰かしら？」

「運び屋じゃないか？」

「帝都に入りたい傭兵も困っているのではなくて？」

「実は私も困っている。ドラゴン印の宅配便、頼めるか？」

予想だにしていなかった依頼に、心の中でガッツポーズ。

「ドラゴン印の宅配便、謹んでお引き受けいたします」

「今日、姉上の誕生日なのにゲートの故障でプレゼントが届けられない。謀反の噂がある中、誕生日プレゼントを騎士団に任せるわけにもいかない」

悩んでいるうちに時間だけが過ぎていった、とサレ伯爵は言外に匂わせる。弟としての立場、領主としての立場、サレ伯爵は思案に暮れていたようだ。

「弟のお気持ち、届けます」

「魔獣の住処を超えねばならん。危険だが、引き受けてくれるか？」

行き先の地図を見せられ、サレ伯爵の懸念がわかった。勇猛果敢な騎士団でも尻込みするような危険区域を通らなければならない。ゲートが使用できない弊害を改めて痛感する。

「お気持ちを運ぶお仕事は任せてほしいわ」

「……私がレジスと同じ趣味だと改めて痛感した。私も保証人になりたい」

想定外の申し出に顎を外しかけたけど、叩きこまれた淑女精神でキープ。

「天才だけ、私の保証人になる資格がありますの」

保証人はひとりいればいい。何より、私の保証人に立った途端、謀反人に指名されるかもしれない。裏切り者と罵(ののし)られるはず。

口にしなくても、私の真意は通じた。

サレ伯爵はどこか遠い目でぽつりぽつりと語った。

「私の姪が銀の悪女にいじめられて寝込んだと聞いたが、いったいどこの悪女にいじめられた？」

サレ伯爵の姪といえば、デルフィーヌ嬢のお取り巻きのひとり。姪の言葉を鵜呑(うの)みにして、私を敵視したのだろう。

「花の家門に銀の悪女がいるのよ」

私が悪女スマイルを浮かべると、サレ伯爵は納得したように頷いた。そうして、商業ギルド登録の手続きを完了した後、姉へのプレゼントを託された。

悪役令嬢、弟のお気持ちを届けるために飛びます。

魔獣を避けるため、私は雲の上を飛んだ。予想通り、魔獣は雲の下を飛んでいたから問題なく目的地に到着した。サレ伯爵の姉上はオヴェール伯爵に嫁いでいる。こちらもラペイレットとは口が裂けても友好的とはいえない。

オヴェール伯爵領には巨悪の墓場と呼ばれるオヴェール牢獄があり、帝国中の凶悪犯が収監されていた。原作、ラペイレット関係者の生き残りが送られた最期の場所。

なんの罪もない侍女たちも投獄され、失意のうちに獄死した。

はっきり言って関わりたくないけど避けられない。

けれど、予め連絡が届いているらしく、オヴェール伯爵邸の玄関前では当主夫妻や使用人たちが待ち構えている。屈強な騎士たちにしろ、空飛ぶ絨毯に興味津々。

「オヴェール伯爵夫人、弟さんのお気持ち、お届けに参りました」

私は挨拶をしてから、オヴェール伯爵夫人にプレゼントを差しだす。宅配便屋として気持ちいい瞬間。

「……お気持ちを受け取ったわ」

オヴェール伯爵夫人は夢でも見ているような顔で受け取る。いろいろと聞きたそうだけど、隙を与えず、受領のサインをもらった。これ、令和の宅配便屋でもよく忘れるスタッフがいて大変だった。

「サレ伯爵から連絡を受けたが、新種のゲームだと思っていた」

早々に立ち去ろうとしたのに、オヴェール伯爵に声をかけられる。私がラペイレット公女だって聞いているよね？　いいの？

「ドラゴン印の宅配便、お気持ちを届けています」

「私の気持ちも届けてくれるか？」

オヴェール伯爵も仕事の依頼？

原作同様、ゲート故障で帝国中が困っている？

「お気持ちをお届けすることが、ドラゴン印の使命よ」

断る理由はない。

「先日、騎士団長を殺害した若い騎士を処分した。オヴェール牢獄の強制労働場で魔力を吸い取った後、本日、処刑の予定だ」

オヴェール伯爵が言うや否や、背後に控える騎士たちの顔が暗くなった。中でも若い騎士は悔しそうに腕を震わせている。

それを見れば尋ねなくてもなんとなくわかる。

「霧が晴れましたの？」

「……あぁ、若い騎士は騎士団長に腕ずくで寝室に連れこまれた妹を助けようとしただけだ。騎士団長の家族に泣きつかれ、ひとりで罪を背負おうとした。つい先ほど、妹の涙の訴えが私の耳に届いた」

令和のセクハラもひどかったけど、こちらは厳格な身分社会だけにえげつない。身分の低い女性は泣き寝入りするしかなかった。

「霧を何色に染めるおつもり？」

騎士団長の罪を明白にすることは、オヴェール伯爵の恥に繋がる。時に正義は破滅を招く。騎士たちの間に走る緊張感が高まった。

「オヴェール牢獄を預かる家門として、正義を守らねばならぬ」

頑固そうな当主は保身に走らない。原作、ラペイレットやブランシャールの賄賂にも屈しなかった傑物だ。

思わず、胸が熱くなる。

「若い騎士を許しますのね」

「あいつ、ナゼールはいっさい言い訳しなかった」

「騎士団長を殺めたのは事実でしょう」

どんな現場だったのかわからないけれど、騎士が所属する団長を殺めたら極刑は免れない。

「騎士団長は私の姉の息子だ。前々から態度に問題があり、注意していた。私の不徳の致すところ」

騎士団長が当主の甥だと知り、腑に落ちる。虎の威を借る狐が容易に浮かんだ。当主夫人や騎士たちの顔色も悪い。

「よくご決断されました。オヴェール伯爵の正義を心より称えます」

「伝達の魔導具で処刑を遅らせることができても撤回ができない」

オヴェール伯爵や騎士たちの苦悩が伝わってくる。若い騎士は今でも地下牢で繋がれ、魔力を吸い取られているのだろう。魔力持ちにとっては拷問以上の拷問だ。

「古い石の弊害ですわ」

帝国の石頭たちのせいで古臭い法律が生きている。赦免状が間に合わず、儚くも散った命は数えきれない。

「一刻も早く赦免状を送りたいのに、ゲートは壊れ、馬賊と魔獣が跋扈しているから届けられない。足止めを食らった騎士から連絡が入った」

オヴェール伯爵の隣にいた書記長が赦免状を手に恐々と私の前に立つ。ゴクリ、と息を呑む面々。

「サレ伯爵の正義、承ります」

私はいっさい迷わず、赦免状を受け取った。行き先はラペイレット関係者の生き残りが投獄された牢獄だ。

「危険だ。引き受けてくれるか？」

脱獄されないように、厳しい自然の中にオヴェール牢獄は建てられた。面会に行って事故死したケースも珍しくない。

「ドラゴン印の宅配便、望むところ」

「巨悪の墓場と揶揄(やゆ)された牢獄だ。貴族ならば近寄ることさえいやがるのに」

「お気持ちを届けるのが使命ですわ」

悠長なことはしていられない。

私は正義を受け取り、飛び立った。

空飛ぶ絨毯はマジ最強。

雲の上を飛んだから、さしたる問題もなく目的地に到着した。けれど、門の前で私は震えた。

原作、侍女や生き残りの騎士たちが送られ、失意のうちに獄死するシーンを思いだしたからだ。ラペイレットの騎士は全員、魔力持ちだったから搾取され、生き地獄でのた打ち回った。

それもこれも私のせい。

私のためにラペイレットが挙兵して……や、私じゃなくてアデライド……アデライドは私だけど……うん、陰鬱な空気に引きずられた。

「オヴェール伯爵のお気持ちを届けに参りました」

連絡が届いているから、ちゃんと監獄主が出迎えてくれた。もっとも、空飛ぶ絨毯で度肝を抜かれたみたい。

「…………………お、お、お、お気持ち？　赦免状がお気持ち？　……確かに、お気持ち……お気持ちを受け取りました。ご苦労様です」

「無罪放免、放たれるまで確認したい」

原作でラペイレットの生き残りが悲惨だったからいやな予感がする。ここで元の身分は考慮されない。

「こちらでお待ちください」

案内された貴賓室で待っていたら、看守ふたりが大きな木箱を運んできた。……いやーっ、ありえない方向に手足が曲がった男性が木箱に詰められている。ラペイレット騎士の姿と重なり、怒りがこみ上げた。

「どうして、こんなに衰弱しているの？」

「……はい、魔力を絞りましたから」

伝達の魔導具で処刑を止めても、待遇は改善されなかったの？　当主の命令が末端まで行き届かなかったのか？

「……拷問したの？」

「自分の預かり知らぬところで何かあったようです」

「責任逃れ？」

「……ここは極悪犯を収容する牢獄ですから」

「オヴェール伯爵にいつもそのように釈明しているの？」

私が当主の名前を出すと、監獄主は言葉に詰まった。背後の看守たちも俯き、肩を震わせている。

……や、こんな場合じゃない。

このままなら確実に死んでしまう。

私は家族のために持っていたユーゴ薬師のポーションを若い騎士に与えた。ほんの一瞬で生気が漲る。

「……え？」

ありえない角度に曲がっていた手足が、人間としてあるべき方向に戻った。苦しそうに閉じられていた目が開き、群青色の瞳に光が宿る。

天才薬師のポーションの効力が半端ない。

「……よかった。オヴェール伯爵があなたを許しました。もう一度話し合ってください」

妹さんを守るため、正義の決闘が適用されたら無罪。

「……俺が悪いんです」

理由はどうであれ、当主の甥にあたる騎士団長を殺めてしまった。生真面目そうな騎士は自責の念に駆られている。

「あなたがひとりで罪を背負っても、妹さんや家族が嘆くだけ。世の女性も泣き続けます。オヴェール伯爵の正義に応じてください」

オヴェール伯爵の正義には心の底から感動した。きっちり亡き騎士団長の罪を暴かないと、今後も女性が泣かされる。それでなくても女性の立場は弱いから冗談じゃない。

「……お名前をお聞きしてもよろしいですか？」

「騎士としての礼儀をお忘れになったの？」

「失礼しました。自分はナゼール・ノエ・ラ・エストレです」

ナゼールとお呼びください、と騎士の礼儀を払われた。改めて見れば、凛々しいイケメン。

「ドラゴン印の宅配便、アデライドよ」

「生涯、忘れません。肝に銘じます」

「まず、オヴェール伯爵にお会いしてちょうだい。あなたを助けられなくて悔しそうな仲間たちにも」

騎士たちが騎士団長を殺したナゼールに同情していたことは明らか。きっと日頃から問題のあるトップだったんだろう。

「はい」

ナゼールと話し終え、私が別れの挨拶をしようとした時、若い看守が歯切れの悪い声で口を挟んだ。

「……あの、ドラゴン印の宅配便、自分も金を払ったらお願いできますか？」

「ドラゴン印の宅配便、お気持ちを届けます」

「オヴェール伯爵夫人に誕生日プレゼントを送らせてください。子供の頃からお世話になったのです」

花束を差しだされ、思わず胸きゅん。

「騎士の愛、届けます」

「……あ、俺の分もお願いします。夫人には昔から世話になりました」

あれよあれよという間に、当主夫人への誕生日プレゼントが集まる。もっとも、場所柄、花束と牢獄で作られる魔石ばかり。

それでも、当主夫人に対する感謝が込められている。

けど、ひとりで抱えるには無理がある。

悩んでいたら、目の前で旅立つ準備をするナゼールがいた。ゲートが使用できないから、馬で伯爵邸に向かうみたい。けど、いったい何日かかる？　……てか、危ないよね？　助けたのに魔獣や盗賊にやられたら元も子もない。

「……あ、ちょうどいい。送っていくわ。ふたりならセーフ」

原作、ヒーローがヒロインを空飛ぶ絨毯に乗せていた。空中デートは名場面のひとつだ。

「……え？」

「託されたお気持ち、半分持ってちょうだい」

私は空飛ぶ絨毯にナゼールを乗せ、オヴェール伯爵邸に戻った。ちょうど伯爵夫人の誕生日パーティの真っ最中。

ナゼールを騎士団の仲間たちが涙ながらに歓迎する。

私はすぐに退散しようとしたけれど、伯爵夫妻に引き留められた。

「アデライド嬢、日も暮れた。今夜はうちに泊まってほしい」

「ラペイレット謀反に加担したと思われましてよ」

「それが礼になるのならばいくらでも」

「剛毅（ごうき）ですわね」

確かに、いつしか、空の主役が半月に変わっている。オヴェール伯爵の好意に甘え、用意された部屋で休んだ。

長い一日の幕が下りる。

予想だにしていなかった出来事の連続で、正直、まだ実感が湧かない。心身ともに疲れた。それでも、やりきった充実感が大きい。

左手首の最強アイテムを確認し、深い眠りに落ちた。

## 5　悪役令嬢、大奮闘ですわ。

　翌日、朝食を摂った後、オヴェール伯爵夫妻にお茶の誘いを受けた。薔薇が咲き誇る薔薇園で向き合う。

「アデライド嬢、当分の間、うちに滞在したらどうだ？」

　オヴェール伯爵の想定外の申し出に、私は心底から困惑した。ティーカップを落としそうになったけどセーフ。

「オヴェール伯爵の温情に感謝します。……が、風に乗らせていただきますわ」

　昨夜は好意に甘えたけれど、長居するつもりはない。使用人や騎士たちでも、私に対する視線は分かれている。

「ラペイレットを勘当されたと聞いた」

　表向きは、とオヴェール伯爵は暗に匂わせている。

「さようでございます」

「貴族子女がひとりでは危ない」

「ご配慮、感謝します」

オヴェール伯爵の正義を信じないわけではないけど、ここまで引き留められるのは、飛行の魔導具を狙っているのかもしれない。それこそ、今でも騎士たちに襲われ、左手首の腕輪を取り上げられる可能性はゼロじゃない。

滞在を固辞した後、ふたたび依頼を受けた。

領内にいる鍛冶屋（かじや）に荷物を届ける。頑固な鍛冶職人は空飛ぶ絨毯に腰を抜かした。……で、ここでもまた依頼を受ける。サレ伯爵領にいる塩職人に荷物を届けた。こちらでも同じ反応。

届け先で仕事が途切れず、芋づる式に増えていく。

「……つ、疲れた……荷物を預かったまま休憩できない自分の社畜根性が……ドラゴン印の宅配便じゃなくて過労死印の空輪便（くうゆびん）？」

そろそろ夕暮れ時？

オヴェール伯爵の好意を断ったけれど、今日、泊まるところがない。

宿屋に泊まるにもちゃんと調べないと危険だ。

私は今さらながらに生活のことを考えた。

ずっと宿屋暮らしだとリスクが高い。

けど、女一人で部屋を借りることができるか？

お金さえ払えば借りられる？

借りられる部屋はリスクが高い部屋じゃないかな？

誰にどう聞けばいいのか？

改めて自分がこの世界で深窓のお姫様育ちだったと気づく。

とりあえず、これ以上、仕事を引き受けるのは危険だ。最後の仕事先と決めていた靴職人にサレ伯爵への荷物を依頼された。

サレ伯爵ならば断わるのは憚（はばか）られる。

「ドラゴン印の宅配便、頑固職人の愛をお届けします」

これが本日最後の仕事。

見覚えのあるサレ伯爵邸の玄関先では、当主夫妻や使用人たちが出迎えてくれた。前回よりギャラリーが増えている感じ？

「ドラゴン印の宅配便、頑固職人のお気持ちを届けに参りました」

私が定番の挨拶をすると、サレ伯爵は呆れたように肩を竦めた。

「どこか悪女だ。庶民の依頼も引き受け、飛び回っているそうだな」

「お気持ちを運ぶのが使命です」

「お気持ちは選ばないのか？」

サレ伯爵の意味深な目になんとなく気づいた。

……あぁ、これ、また何か依頼かな？

「ドラゴン印は平等です」

駆けだしの今、仕事は選んでいられない。何より、サレ伯爵ならば犯罪に関わるような依頼はしないはず。

「つい先ほど、サレ領最北端の村が魔獣による被害を受けた。砦の食糧や薬を領民に与えたいのに、鍵を紛失して倉庫を開けられないという」

……それ、宴会の小ネタじゃないよね？

そんな頑丈な倉庫なの？

なんか、きな臭くない？

誰かがわざと倉庫を開けられないようにしているの？

「霧に隠れているお話かしら？」

私が探りを入れると、サレ伯爵は苦悶に満ちた顔で手を振った。

「わからない。ただ鍵のスペアはある。一刻も早く届けたいのに、ゲートは壊れたまま、馬賊や魔獣は跋扈しているらしい」

ここまで聞いたなら、サレ伯爵の意図はわかる。リスクが大きいから口にできないのだろう。紳士の鑑だ。

「サレ伯爵のお気持ち、お届けしましょう」

カーテシーを決めたら、サレ伯爵が胸に手を当てた。

「依頼するのも躊躇うほど危険だ」

「ドラゴン印の宅配便、謹んで承ります。村人のため、急いだほうがよろしいわ」

「卑しき民など見捨てろ、と噂の悪女なら言うだろう。アデライド嬢はいったい何をやって誤解された？」

サレ伯爵が呆れ顔で言うと、周囲の視線が私に絡みついた。メイドや侍女をいじめる悪女がイメージできないのだろう。

「悪女の風上にもおけない悪女でした」

「お人好しの悪女、礼はいくらでも」

「ドラゴン印の宅配便にもプライドがございます。料金以上のものは無用でしてよ。先方に連絡を入れてくだされればいいわ」

悪役令嬢、覚悟して飛びます。

たぶん、こんなことで悪役令嬢はくたばらないから大丈夫。


何か裏があると踏んでいた。

　砦の責任者もしくは誰かが、倉庫の備蓄を横流ししたことを隠匿しようとした。倉庫の備蓄に危ないものを隠していたとか？

　違った。

　単なるうっかりミス。

　責任者が酔っぱらって倉庫の鍵を紛失しただけ。

「俺、二度と酒を飲まないと誓いますーっ」

　責任者が今にも絶命しそうな顔で宣言した。悲愴感が漂っているけど、馬鹿馬鹿しくてたまらない。

「露になりそうな誓いは立てないほうがよろしいのでは？」

　酒好きだと顔に書いてある。

「誓います。二度と酒は飲みません。酒を飲んだ後、あったはずの鍵が消えていたんです。俺が消えたかった」

　くぅぅぅぅぅ～っ、と責任者は反省文が散らばる床に蹲った。書記官や騎士たちは壁を一心に見つめている。

　……うん、これ、関わったらあかん奴。

　それでも、これだけは言いたい。

「消える前に、責任を取って、物資を村人に届けなさい」

私がきつい声で言った瞬間、責任者は飛び上がった。

「はいっ」

砦の責任者が正気を取り戻したように見えた矢先、赤毛の騎士が血相を変えて飛びこんできた。

「……報告します。橋が壊れて届けられません」

一瞬、不気味なぐらい静まり返る。

思わず、私は壁に貼られている付近の地図に視線を流した。どこの橋が崩壊したのか、見当もつかない。

我に返ったらしい責任者が沈黙を破った。

「……は、橋？」

「橋です。馬車どころか人も通れません。風がきつくて船も無理です」

報告を聞き、責任者は崩れ落ちた。……や、崩れ落ちる寸前、私に向かって手を合わせた。

「……ドラゴン印の宅配便、料金三倍におやつもつける。頼めないか？」

責任者の依頼内容は確かめなくてもわかる。書記官や騎士たちもいっせいに私に向かって跪いた。

「時間外なの。時間外料金だけでいいわ。危険だから、行き先まで明かりで照らして」

たぶん、今までの仕事の中で一番危険。

原作、風のきつい半月の夜、ヒーローは空飛ぶ絨毯で雲の上を飛んだら落下しかけた。どんな理由で落ちかけたのか覚えていない。あれ、風のせいだったか、時間帯のせいだったか？　たぶん、どちらかだったよね？

「……わ、わかった」

責任者の指示により、書記官が各所に伝達の魔導具で連絡する。

「一番必要な物資をちょうだい……いや、少しずつ多くの種類を用意して……あ、サポートにつく騎士をひとりお願い」

私は空飛ぶ絨毯に逞しい騎士と物資を乗せ、目的地に向かって飛んだ。

あえて雲の下を進む。半月の光が鈍く、どこからともなく魔獣の声が聞こえてくる。サポート役の騎士は今にも失神しそうな感じ。

「今、魔獣に襲撃されている暇はないからやめてーっ」

私は眼下に広がる街並みを見下ろしつつ、橋が崩壊している川を見つけた。連絡が届いているらしく、その向こう側には明かりが灯されている。倒壊した建物の間、憔悴(しょうすい)しきった村人たちの顔が見えた。

無事に着陸。

「ドラゴン印の宅配便、お気持ちを届けに参りました」

　私が大声を張り上げると、村の薬師らしき老人が前に出た。

「……く、薬をお願いします。負傷者の手当てができませんっ」

「運んでいます」

　私が指示するまでもなく、失神寸前だったサポート役の騎士が動いてくれた。空飛ぶ絨毯に乗せた物資をすべて渡す。

　これ、報告より被害が大きい。

「まだまだ足りませんね。砦に戻って運んできます」

「ドラゴン印の宅配便、こちらも依頼したい。この子を砦に運んでもらえないか？　砦には私の師にあたる薬師がいる」

　応急処置を施した子供が母親にしがみついて泣きじゃくっている。正直、空飛ぶ絨毯に乗せられない。

「生き物は……いえ、非常事態です。お気持ちを承ります」

　私が手を伸ばすと、子供は泣いて逃げた。

　けれど、母親が号泣しながら捕まえ、私に押しつける。

「お願いします。この子を助けてくださいーっ」

　母の愛が私の心に響いた。……で、天才薬師のポーションを思いだした。肌身離さず持っている。

「……あ、ユーゴ薬師のポーションがある」

昨日、瀕死状態のナゼールにポーションを使ったけれど、まだ三本、残っている。私は一本、母親に差しだした。

「……ポーション？　そ、そんな……高価で貴重なものを……今まで見たこともありません」

平民にとってポーションは手の届かない高級品。

「いいから、お子様に飲ませてあげて」

母親がポーションを飲ませた途端、子供は回復した。顔には血や泥がついたままだけど、弾けるような笑顔。

周囲のどよめきがすごい。

「ポーションがふたつ、あります。お使いください」

私がポーションを二瓶差しだすと、村の薬師は泣きそうな顔で震えた。

「……い、いいのかね？」

薬師だけに天才薬師のポーションの価値をよく知っているみたい。

「ユーゴ薬師のポーションです。飾り物ではありません」

こんな時に使わなくてどうする？

お父様とお兄様、危ないことはしないでね、と私は心魂から大切な家族に語りかけた。

ないから。

「救世主、感謝します」

女神に対するように拝まれ、私は引いた。……うん、今までこんなに感謝されたことがないから。

「ポーションふたつで負傷者全員、救えないと思います」

瀕死の重傷人に一瓶使うか、何人かに分けて使うか、その判断は現場の薬師に任せる。私より適切に使えるだろう。

「ドラゴンちゃん、この子を砦に送ってください。砦に両親がいるのです。たまたま親戚宅に遊びに来て巻きこまれました」

村の薬師は頭に包帯を巻いている子供を私に紹介する。……けど、けどさ、私の顔を見た途端、泣きだした。

「ドラゴン印の宅配便、お気持ちを届けます」

空飛ぶ絨毯はせいぜいふたりまで。サポート役の騎士を現場に残し、私は子供を抱いて砦に飛んだ。

最初から最後まで泣きっぱなし。

砦に降りた時、薬師が出迎えてくれたから、その場で引き渡した。ほっと胸を撫で下ろす。……や、まだまだ。これからだ。

「薬も食料も不足しています。用意してください。届けます」

「ドラゴンちゃん、ありがとうーっ」

ふたたび、私は物資を乗せて被害地に向かった。そうして、負傷者を連れて砦に戻った。

またまた物資を積んで被害地に飛ぶ。

「ドラゴンちゃん、助けてくれてありがとう。この御恩は生涯、忘れない」

いつしか、私の呼び名が『ドラゴンちゃん』で定着した。

半月が雲に隠れて闇夜になっても、私は被害地と砦を飛び続けた。いったい何往復したのか、覚えていない。

「ドラゴンちゃん、もういい。あちらもだいぶ落ち着いた。少し休め」

砦の薬師に声をかけられ、負傷者の隣に座ったところでアウト。

悪役令嬢、前世のように働きました。

## 6　レジスより。悪女と評判なのに悪女じゃありませんが、どういうことですか？

私は魔導具師のレジス。

鍛冶屋の息子として生まれ育ったが、魔導具に夢中になり、魔導具師の道を進んだ。天職だと思う。

天才、と人は呼ぶ。

発明した魔導具のおかげで莫大な財を築き、男爵位も授けられた。もちろん、貴族の位なんて望んでいなかった。ただただ思いついた魔導具を作りたかった。作った。その繰り返し。

結婚する気もなかった。

美しい女性は美しいと思うし、可愛い女性は可愛いと思うが、魔導具以外、興味はなかったのだ。

伝達の魔導具や記録の魔導具を発明した頃から、目の覚めるような美人令嬢が近づいてきたが面倒なだけ。

なのに、半人前の頃からサポートしてくれたドナシアンやバルニエ商会長は結婚を勧める。今日もドナシアンはオーダーした双頭の龍の鱗とともに独身女性の絵姿を差しだした。見る気にもなれない。

「レジス、私は君が生き急いでいるように思えてならない」

ドナシアンは悲痛な面持ちで溜め息をついた。早死にしそうだと言われてから、すでに一〇年は経っている。

「そうか？」

「早死にしないためにも、結婚して、仕事に対する熱量を下げてほしい」

五日連続徹夜は二度とするな、とドナシアンは私が出したオーダーリストを眺めながら続けた。

双頭の鷹の肝、三色の魔鳥の目、始祖が溺れかけた沼に沈む魔石、大魔法師・レイの髪の毛、古代龍人族の鏡、天馬の花、スライム、これらの素材があれば長年の夢だった飛行の魔導具ができるかもしれない。ドナシアンならば選りすぐりのチームを結成し、手に入れてくれると期待している。バルニエ商会長にも別の素材を頼んだばかり。

「結婚する気はない。約束の場に女を連れてくるのはやめてくれ」

前回、食事の場に見合い相手がいたことに困惑した。こちらにその気がないのに会うのは失礼だ。

「レジスはラペイレット公爵に睨まれている。貴族の世界は陰険で複雑だ。名家の令嬢を娶って、確かな後ろ盾を持ったほうがいい」

ラペイレット公爵から専属の話を持ちかけられ、断ったあたりから問題が連発した。必要な魔石が入らなかったり、手がけた魔導具が販売中止を食らったり、信頼していた運び屋が持ち逃げしたり、運び屋ギルドに高い料金をふっかけられたり、長年住んでいた住宅兼研究所が焼失したり、私の名前で詐欺事件があったり、私の魔導具の劣悪なコピー製品が出回ったり。

魔導具作成に必要なものを揃えてくれるドナシアンやバルニエ商会も、私関係の仕事に限って揉め事が増えたらしい。

どうも、背後にラペイレットの匂いがする。

私が困り果てて泣きつくことを待っているのか？

どんな窮地に追いこまれても、ラペイレットの靴を舐める気はない。

「後ろ盾が必要なほど、弱い男じゃないと自負している」

腕一本で生きてきた。これからも腕一本で生き抜くつもりだ。

「ラペイレットを侮るな。いずれ、皇帝陛下の舅になる男だ」

「ラペイレット公女が皇太子殿下と婚約していたな？」

「あぁ、我儘な公女だと聞いている」

アデライドは美少女だが、傲慢だと評判だ。メイドを虐げるだけでなく、傘下家門の令嬢もいじめているという。末恐ろしい令嬢。

「そんな我儘な公女なら、皇太子殿下と破婚するんじゃないか？」

皇太子殿下は博士も舌を巻くぐらい優秀だが、相手を思いやる性格ではない。ラペイレット公女と傲慢さでは張り合うだろう。

「皇太子殿下でもラペイレットを敵に回せない。ラペイレット公女が不義でも犯さない限り、婚約破棄はないだろう」

建国以来、皇帝の結婚相手により、帝国内の勢力図は書き換えられている。しかし、誰が皇后になっても、ラペイレットの権力は揺るがない。

「いずれ、帝国はラペイレットに牛耳られるか？」

「間違いなく、ラペイレットの天下だ」

表も裏も熟知する凄腕に断言され、私は壁に貼ってある大陸の地図を指した。地上に国はひとつではない。

「ラペイレット帝国になったら東国にでも行く。未練はないいさ」

「……呆れた。確かに、君ならどこでも受け入れられると思うが……」

「身軽でいたい。だから、女性は連れてくるな」

生涯、独身を貫くつもりだった。なのに、人生はどこでどうなるかわからない。気づいたら、私は二十歳も離れた伯爵令嬢を妻に迎えていた。驚くことに、娘まで誕生した。マリアンヌと名付けた娘の身体が弱く、私は初めて自分の無力さを思い知った。何が天才だ、と。

「マリアンヌ、どうしたら助けられる？」

「ユーゴ薬師のポーションにかけてみませんか？」

「皇室専属薬師を拒否したユーゴ薬師？」

藁（わら）にも縋る気持ちでドービニエの秘境に赴き、ユーゴ薬師に頼みこんだ。私の魔導具が欲しかったらしく快諾してくれる。

ユーゴ薬師のポーションで娘の命は取り留めた。

「マリアンヌ、大丈夫か？」

「パパ、だっこ」

以後、ユーゴ薬師のポーションは欠かせない。だが、ポーションは大量生産できないという。何かあれば、ポーションが切れ、マリアンヌは苦しみながら逝ってしまうかもしれない。

綱渡りの日々。

マリアンヌが体調を崩し、定期購入しているポーションを多く使ってしまった。慌てて従者をドービニエに送ったが、ユーゴ薬師宅でも在庫切れだという。

生きた心地がしなかった。

マリアンヌが死んだら私も死ぬ。

その覚悟もした。

皇太子殿下にアデライドが捨てられたとか、アデライドがデルフィーヌ嬢を毒殺しようとしたとか、アデライドが殺し屋を集めているとか、ラペイレットが皇室の隠し財産を横取りしたとか、ラペイレット謀反とか、噂は流れてきたけど、それどころではなかった。

「……よ、よりによって、こんな時にゲート故障？　ラペイレットがやりやがったのか？」

ドービニエに送った従者から泣きながら連絡があった。今もマリアンヌは高熱にうなされている。

「ラペイレットの仕業だともっぱらの噂です。アデライドが婚約破棄され、ブチ切れたようですから」

執事は伝達の魔導具や通信の魔導具で確認しながら答えた。ゲート復旧の見込みも立たないのに、魔獣や荒くれ者が暴れだしたという。ラペイレットが極秘で飼育していた魔獣を放ち、荒くれ者を煽って治安を悪くしているようだ。

「謀反も内乱も勝手にやれーっ」

ラペイレットに対する怒りが再燃する。

しかし、私が断念した飛行の魔導具でポーションを届けてくれたのは噂の悪女。

だが、悪女に見えない。思えない。皇宮で見かけたのは別人か？　いったいどういうことだ？

謎は深まるばかり。

サレ伯爵も同じ意見だ。

「レジス、本当にあのアデライドがデルフィーヌ嬢を毒殺しようとしたのか？」

「伯爵もその疑問を抱きましたか？」

「あぁ」

私とサレ伯爵は視線を交差させ、アデライドが無実だと判断する。執事も二杯目の紅茶を淹れながら、同意するように軽く相槌を打った。

少しでもアデライドと接した者は全員、優しくて明るい彼女に好意を抱いた。どこからどう見ても、使用人を虐待する悪女には見えない。

「デルフィーヌ嬢の嘘ですか？」

アデライドが無実ならば、嘘をついているのはデルフィーヌ嬢か？　デルフィーヌ嬢も誰かに騙されているのか？　嘘の証言をした専属侍女の罠か？　専属侍女を操っているのは誰だ？　不可解なことばかり。

「私が知る限り、デルフィーヌ嬢はそういうタイプではない。……が、わからない。誰かに操られているのかもしれない」

サレ伯爵は皇太子殿下とアデライドの婚約破棄を支持していた。慎ましいデルフィーヌ嬢や控えめな出身家門も称賛していたのだ。実際にアデライドに接し、だいぶ混乱している。

「実際、デルフィーヌ嬢は毒を飲んで苦しんだのですか？」

アデライドに虐げられるデルフィーヌ嬢の噂はさんざん流れてきたが、毒殺未遂事件があったとは知らなかった。アデライドがデルフィーヌ嬢に赤葡萄酒を浴びせただの、紅茶を浴びせただの、階段から突き落としただの、扇で顔を殴っただの、日替わりであったのに、どうして肝心の毒殺未遂はなかったんだ？

「デルフィーヌ嬢は口にする前に気づいたらしい。極秘で調査したら、サビーヌに辿り着いたようだ」

アデライドの元専属侍女はサレ伯爵領にある修道院に入ったという。修道院長は私も敬愛している。亡き妻も心から慕っていた。

「サビーヌは無事ですか？」

「ラペイレット関係者が修道院に潜入し、サビーヌを守っている。すでに二度、暗殺を阻止したようだ」

サレ伯爵は情報ギルドを通じ、ラペイレットと元専属侍女をマークしているようだ。ラペイレット関係者が護衛しているならば無事だろう。

「きな臭いな」

アデライドの無実を軸にすれば、デルフィーヌ嬢を取り巻くすべてが悪に見える。

「レジス、だいぶ悪女に肩入れしているな」

「そちらこそ」

「アデライドといると新しい未来が見える」

「私もそうだ」

帝国一の悪女が悪女じゃなかった。噂はあてにならない。自分の目も当てにならない。

だからこそ、人生は面白い。

アデライドによるドラゴン印の宅配便、全力でバックアップする。おそらく、ソワイエ

帝国の歴史を変えるだろう。

# 7　ドラゴン印の宅配便、用心棒兼スタッフを入れて本拠地を構えました。

目覚めると、私は砦の薬師室で寝ていた。衝立の向こう側は薬置き場で、隣のベッドでは村の女性が寝息を立てている。私は昨日飛び回っていた服のままだ。左手首の腕輪を確認し、安堵の息を吐く。

人助けに励んで、空飛ぶ絨毯を取られたら落ちこむ。さすがに立ち直れないと思う。のろのろと上体を起こすと、砦の薬師が桶を手に近づいてきた。

「……ドラゴンちゃん、起きたかね？」

一目で徹夜明けとわかる薬師の顔が間近に迫った。

「……はい」

「何があったのか、覚えているかね？」

若い娘さんが無理をして、と薬師の目は雄弁に咎めている。

「はい。ご迷惑をおかけしました」

倒れるつもりはなかったのに倒れてしまった。前世だったら、なんてことのない仕事量だったのに。

「ドラゴンちゃんは迷惑なんてかけていない。砦と村の救世主だ」

「身にあまるお言葉です」

「ユーゴ薬師のポーションを自分に使わず、村人にすべて与えたのかね？」

薬師に確かめるように問われ、私は今さらながらに思い返した。自分用に一本、残しておけば倒れなかった。けど、そんなこと、思いつかなかった。

「……そういうことになりますね」

「お貴族様なのに……」

薬師は聖女を見るような目で途中まで言いかけて止めた。言いたいことはわかるからスルー。

「村人はどうなりました？」

「橋の復旧工事にレジス・ギルマン男爵が来てくれた。おかげで橋が一晩で復旧した。普通なら最低でも一月はかかるのにっ」

薬師が興奮気味に天才魔導具師を称賛する。

やっぱり、レジスはヤバい。超絶天才だし、いい奴。私も自分の手柄のように胸が熱くなった。

「よかった」

私が称えるように手を叩くと、衝立の向こう側から地獄の死者の声が聞こえた。

「よかったじゃない。どこが悪女だ？」

衝立から顔を出したのは、英雄と崇めたてたい天才魔導具師だ。髪の毛はボサボサで目の下には餌のいらないクマを飼っている。

「……あ、レジス？」

「自分が倒れるまで飛び続ける悪女がいるかーっ」

「ケガ人がいるから静かにして」

私は慌ててベッドから飛び降り、レジスの口を手で塞いだ。そうして、物音を立てないように薬師室から出る。

物資や書類が積み上げられた廊下では、騎士や書記官たちがいた。

「ドラゴンちゃん、もう大丈夫なのか？」

「ドラゴンちゃん、腹減っただろう？　サレの名産は塩なんだ。塩スイーツを食ってくれ」

「ドラゴンちゃんのおかげで死人は出なかった。奇跡だ」

砦の騎士たちが私を見つけ、駆け寄ってくる。口々に感謝を言われ、私はとんでもなく居心地が悪い。……うん、これ、感謝され慣れていないから。

もしかして、悪女根性が染みついている？

やっとのことでふりきり、レジスと一緒に食堂で朝食を摂った。魚介類のスープが五臓六腑に染みわたる。サレ産の岩塩と濃厚なバターが効いたスペルト小麦のパンも美味しい。サレ産の塩のカスタードタルトは飛ぶ。紅茶の味は落ちるけど、飲めないほどではない。

「アデライド、うちに住め」

唐突にレジスに言われ、私はふたつめの塩カスタードタルトを落としかけた。

「いくら私が美しくても愛人にはできないわよ」

レジスにそういう下心がないとわかっているけれど、世間は愛人として見るだろう。確実に宰相一派から敵視される。

「ドラゴン印の悪女を愛人にするような命知らずじゃない」

「いったいどうしたの？」

「悪女のくせに危なすぎる。うちに住め」

……あぁ、心配してくれているんだ。

確かに、宿泊先に迷っていたのは事実。

高級宿に泊まり続けるのも、転々とするのもリスクは高いし、宅配便業務のためにも本拠地を決めたほうがいい。

本拠地なら商業ギルド長が領主のサレが無難。

「飛行の魔導具コピー代金として、事務所兼住宅を用意してください」

レジスの好意に一方的に甘えていたら、いずれ行き詰る。アデライド商会の代表としてギブ&テイクの関係を築きたい。

「コピー代金？」

「飛行の魔導具をコピーしたいんでしょう？」

ラペイレット専属魔導具師にも皇室専属魔導具師にもコピーできる実力はない。何より、レジスは悪用しないし、悪用させない。

「当たり前だ」

「昨晩のことで思い知ったわ。人命救助に飛行の魔導具は必要。命のため、コピーしてちょうだい」

空飛ぶ絨毯が一枚じゃなかったら、もっと早く助けられたと思う。寒さと空腹に苦しむ時間を縮められた。

「コピーするためにも、当分の間、うちの離れを事務所兼住宅にしてくれ。どう考えても危険だ」

「……では、とりあえず、行ってきます」

私は軽く言ってから、ナプキンで口を拭った。

「早まるな」

「……何が？」

「殴りこみはやめておけ」

うちでおとなしくしておけ、とレジスは沈痛な面持ちで続けた。なんとも言い難い哀愁を張らせる。

「……ドービニエのユーゴ薬師のところに行きます。殴りこむつもりはありませんが、泣いて縋ってでもポーションをもらってきます」

底の知れない魔力持ちの天才薬師に殴りこんでも勝ち目はない。お父様もお祖父様もわかっているから、専属の声をかけることもなかった。

「……え？　ラペイレット騎士団と合流して皇宮に殴りこまないのか？」

レジスの惚けた顔が見物だけど、観察していられない。

「どういうこと？」

「皇太子殿下がデルフィーヌ嬢との婚約を正式に発表され、結婚式も決まったぞ。火薬と武器の値段が五倍になった」

レジスの視線の先、食堂の掲示板には皇宮からのおふれが貼られている。祝事なのにお祝いムードはない。騎士は神妙な顔つきでラペイレット謀反を話し合っている。

胸に手を押さえたけど、なんとも思わない。

「……あぁ、そういうことですか」

「ラペイレット傘下の家門は要職を解かれ、デルフィーヌ嬢の家門が据えられた」

想定内の勢力書き換えを聞き、皇帝陛下の意図が崩れたことを知る。

「皇太子殿下は自分の首をお締めになったのね」

これでエヴラール殿下は宰相の傀儡に成り下がる。傲慢でも頭は悪くないと思っていたのに馬鹿だったのかな？　今後、宰相の操り人形としてずっと生きていく？　原作、ハッピーエンドだったけど、エヴラール殿下とデルフィーヌ嬢の日々は続くよね？

「……お、今の、悪女らしい」

レジスに茶化され、私は悪女スマイルを浮かべた。

「ドービニエにポーションをもらいに行ってきます」

私が理由を告げると、レジスは納得したように笑った。砦にいた人たちと再会を約束してから出発。

空飛ぶ絨毯でドービニエの天才薬師宅まで瞬く間に到着した。ノック三回で応対してくれる。けど、腰を抜かさんばかりに驚かれた。

「……このところ、物忘れがひどくなってのぅ……ほれほれ、悪女にポーションを譲ったのはいつだった？」

ユーゴ薬師に胡乱な目で尋ねられ、私はまな板の鯉になった気分。

「……じ、実は……」

たぶん、どんな巧みな言い訳も嫌われる。ポーションを使った理由をありのまま話すと、偏屈天才薬師は腹を抱えて笑った。

「……な、な、何が悪女じゃ～っ」

ラペイレット公女としての人生、ここまで爆笑された記憶はない。奥の部屋で聞き耳を立てていたらしい助手たちも忍び笑いを漏らしている。

「これからの悪女に期待してください」

「悪女の看板を下ろしたらどうじゃ？」

「下ろしたくても下ろさせてくれませんの」

誰も好きで悪女の看板を背負ったわけじゃないんだよ。

「楽しませてくれた礼じゃ。持って行け」

ユーゴ薬師は涙を拭いつつ、意外なくらいあっさりポーションを持たせてくれた。……うん、胸熱。

「ありがとうございます」

「これは自分のため、大切な人に使え……そろそろじゃな？」

「……そろそろ？」

私が聞き返しても、偏屈天才薬師は答えてくれなかった。けど、なんとなくわかる。皇太子殿下とデルフィーヌ嬢の挙式の日取りが決定して、帝都は荒れているのだろう。もしかしたら、臨戦状態に入っているのかもしれない。

お父様、お兄様、挙兵はやめてね。

祈るしかできない自分がもどかしい。

それでも、祈るなら最高の場所がある。空飛ぶ絨毯をゲットした遺跡だ。原作、ヒーローもヒロインを連れて祈りを捧げていた。それが空飛ぶ絨毯のエネルギーチャージ。

私も空飛ぶ絨毯に乗って遺跡に向かった。

空飛ぶ絨毯から見下ろした秘境で獣以外の生物を発見。……うん、人だ。それも騎士団？　……あ、あれは宰相が信用している間諜（かんちょう）？

一瞬、気のせいだと思ったけど、宰相の騎士団……魔力持ちの精鋭部隊までいる。どうして、こんなところに？　ラペイレットの謀反に備えているんじゃないの？

気づかれると焦ったけど、誰も空を見上げようとはしない。それぞれ、口を閉じ、秘境の入り口に向かっている。

ミッション終了のムード？

嫌な予感を抱きつつ、私は石碑に降り立つ。

挨拶しようとした瞬間、血が点々と落ちている先、血まみれで倒れている若い騎士を見つけた。

「……ど、どうされました？」

慌てて駆け寄り、若い騎士を覗きこんだ。首筋や心臓、急所からとめどもない血が流れ続けている。右手は剣を握ったまま。

「…………」

肩を揺さぶっても、目は固く閉じられたまま、指一本、動かない。手首を掴んだけど脈がない。

死亡確認。

「……い、いや……死んだ？　いやーっ」

剣を握ったまま絶命しているから、戦って死んだのだと確めなくてもわかる。騎士の死だ。本人も覚悟の死かもしれない。

けど、けれど、私は手に入れたばかりの天才薬師のポーションを取りだした。各種、揃っている。一分以内なら助けられるはず。

「……の、飲んで……あ、飲めないか……」

口に強引に流しこんだ後、耳の穴や鼻の孔にも注ぎ込んだ。蘇生用ポーションに再生用ポーションに体力回復ポーションを三本、一気に使ってもピクリともしない。

「……一分以内なら生き返るよね？　まだ若いじゃない。こんなところで死んじゃ駄目よ……帝国では珍しい黒髪ね。……懐かしい」

二本目の蘇生用ポーションと再生用ポーションと体力回復ポーションを流した後、念のため、解毒用ポーションも注いだ。

全身、ポーション塗(まみ)れ。

「……う？」

若い騎士の目が微かに開き、傷口から流れていた血が止まる。そして、傷口が塞がり、生気が戻った。

「……あ、よかった。間に合った？」

油断できないから、栄養ポーションも飲ませる。若い騎士はされるがまま、苦いと評判の栄養ポーションを飲み干した。

「……地獄か？」

ブルーダイヤモンドみたいな瞳に見つめられてドキッとした。

お父様やお兄様とは真逆の刃物みたいなイケメンだ。どこか影があるタイプは帝国では珍しい。

「ドービニエよ」

「俺は死んだ」

覚悟した、と鋭い双眸は語っている。

「ユーゴ薬師のポーションの効果を証明したわね」

「お前が持っていたのか？」

はっ、と私は今になって気づいた。気難しい天才薬師にポーションを譲ってもらったその日に使い果たしたんだ。

「ついさっき、譲ってもらったばかり」

助けられたからいい。惜しくない。

「……余計なことを」

憮然とした面持ちで言われ、私は心の底からムカついた。

「私、余計なことをしたの？」

命の恩人に向かってそれ？

感謝してほしくて助けたわけじゃないけど、それはないんじゃない？

「…………」

ふいっ、と忌々しそうに私から視線を逸らす。顔立ちもムードもシャープだから絵になる……けど、ムカつく。

「死にたがり屋？」

「………………」

「私は生きたくて頑張っているの。せっかく助けた命だから大切にしてね」

「アデライド」

なんの前触れもなく名を呼ばれ、私は身構えた。ラペイレットに恨みを抱いている人かもしれない。

「……私を知っているの？」

「賞金首だ」

原作、そんなシーンはなかった。これもひとつの原作補正？

「私に賞金がかけられたの？　いったい誰が？　まさか、皇太子殿下？」

「メグレ侯爵」

宰相の弟の名を聞き、派手に引き攣る頬を止められない。私に逃げられたことがそんなに悔しいのかな？

「……あ、あのジジイ……」

表向き、ラペイレットは私を勘当したことになっているから、賞金をかけることを止められなかったのだろう。

「俺はディー、傭兵だ」

ディーはいきなり立ち上がると、騎士の礼儀を払った。

先ほどまでの悪態はどこに？　思わず、不覚にもときめく……うん、自分に呆れる。私もドレス姿じゃないけど、宮廷式のお辞儀を返した。

「ドラゴン印の宅配便、アデライドよ」

「今、評判だ」

「評判なの？」

「オヴェールでは悲運の騎士を救った聖女、サレでは村を救った救世主」

ディーに嘘をついている気配はないし、冗談を言うタイプにも見えない。

「悪い噂もいい噂も尾鰭（おひれ）がつくのね」

「魔獣が寄ってくる。ユーゴのところに行こう」

ディーが剣先のように尖っている岩を見つめながら言った。私は何も感じないけれど、防犯の魔導具が点滅している。

「どうして、ユーゴ薬師のところに？」

「俺のためにポーションを使い果たしたんだろう？」

ディーの男らしい眉が苦しそうに顰（ひそ）められる。これ、なんか、男としての矜持（きょうじ）が傷つけられたようなムード？

「ええ」

「ポーション、必要なんだろう？」

「ユーゴ薬師、譲ってくれるかしら？」

偏屈天才薬師に愛想をつかされ、叩き返される気がしないでもない。さすがに合わす顔がない。

「ユーゴ薬師を知っているの？」

「一緒に行ってやる」

「あぁ」

偏屈天才薬師と知り合いならば悪人ではないと思う。私は空飛ぶ絨毯を差した。

「……じゃ、飛行の魔導具に乗って」

「……遺物」

「遺物だって知っているの？」

「……行け」

私の質問に対する返事はないけど、魔獣の鳴き声が聞こえてきたから出立。

空飛ぶ絨毯で偏屈天才薬師のところに。

私とディーを見た瞬間、ユーゴは顎をガクガクさせた。

「……ほ、ほぅ、とうとうやるんじゃな？」

「ユーゴ、誤解するな。アデライドにポーションをやってくれ」

ディーは切れ長の目を細め、低い声で言い放った。……うん、偏屈天才薬師から注がれる視線が痛い。

「……ほう、その悪女にはポーションを渡したばかりですぞ」

「余計なことをしやがった」

ディーが経緯を説明すると、ユーゴはお腹を抱えて爆笑した。助手も薬草の籠を手に堂々と笑っている。

「……どこが悪女かのぅ?」

ユーゴ薬師にはさんざん馬鹿にされたけど、ありったけのポーションを持たせてくれた。助手が泣いて止めるのも構わず。

「名ばかりの悪女、よいな。これで在庫切れじゃ。わしの魔力が溜まるまで……当分の間、ポーションは製造できん。覚悟して使え」

「ユーゴ薬師、ありがとうございます」

「ディーと仲良ぅな」

「……え?」

「天気が荒れそうじゃ。早く帰れ」

偏屈天才薬師に別れの挨拶を告げた後、私とディーは行き先も決めずに歩きだした。ゲートはまだ故障中で使用できない。

「ディー、ありがとう。ユーゴ薬師と知り合いだったのね。仲がいいの？」

若い傭兵と偏屈天才薬師は、祖父と孫のような関係に見えた。ポーションをありったけ持たせてくれたのもディーを助けたからかな。

なのに、ディーは仏頂面でいきなり話題を変えた。

「ドラゴン印の宅配便、続けるつもりか？」

「当然よ。この国にとって必要だもの」

配送システムが整っていない世界、いずれ、宅配便は必要になる。今までに触れ合った人たちで実感した。

「護衛は？」

「レジスの魔導具は裏切らないわ」

護衛に裏切られたら詰む。原作、ラペイレットの劣勢が知れ渡った瞬間、裏切者が続出した。信じていた人に裏切られるのは辛い。

「魔導具は魔導具に過ぎない」

「それでも、賄賂や権力に負けて私を裏切らない。この意味、わからないぐらい幸せな人生を送っているのかしら？」

今までのラペイレット公女としての人生も多くの裏切りを経験した。恩を仇で返されたのは一度や二度ではない。これ、アデライドが悪女になっても仕方がないよ。

「悪女になりきれないくせに皮肉はよせ」

「……ん、そういうことだから護衛はいいの。護衛に裏切られると辛さが倍」

「借りを返す」

ディーは渋面でボソリと呟くように言った。

「……え？　借り？」

「馬鹿な悪女の盾ぐらいにはなれる」

ディーは真摯な目で言いながら、手に黒い炎を燃え上がらせた。魔力持ちだ。そのまま自分の頭部と目を指す。

ほんの一瞬でディーの黒い髪ときついぐらいの真っ青な瞳の色が変わった。帝国で一番多い暗めの金髪と控えめな色味の碧眼。

「……え？　髪と瞳の色を変えられるの？」

大魔法師でも髪や瞳の色は変えられないと聞いている。建国に関わった大魔法師はできたらしいけれど。

「これくらいはできる」

ディーになんでもないことのように言われ、私は首を左右に振った。

「すごい魔力……いったい何者？」

「お前の盾」

ぶっきらぼうに言われたけど、これ、ディーは単に照れているだけ？　ユーゴ薬師とのやり取りを見て思ったけど、不愛想で口下手？

「私の盾？」

「……あぁ」

「私の護衛をしてくれるの？」

私が確かめるように聞くと、ディーは視線を外したまま答えた。

「これでも腕に覚えはある」

「どうして？」

「だから、借りを返す」

「べつにいいわよ」

「危ない。護衛がいなければ、今夜にも黄泉（よみ）の住人だ」

無表情だけど、本気で私の心配をしている？

助けてもらった借りを返すために私の護衛？

背中を預けてもいい？

「契約料はいくら？」

「料金は発生しない」

つまり、ただ働き？　そんなことを言っちゃう？

「ディーは幸せな人生を送ってきたの？」

「そう思うか？」

ディーは陰鬱な目で苛烈な迫力を発散させた。安穏とした人生を送っていたら、そんな影は帯びなかったと思う。せっかくのイケメンが勿体ない。

「口が裂けてもそんなことを言っちゃ駄目。奴隷人生を送る羽目になるわ」

助けてやったんだから言うことを聞け。産んで育ててやったんだから逆らうな。学校に行かせてやったんだから言う通りにしろ。いじめから守ってやったんだから言いなりになれ。

前世、さんざんだった。

思わず、ディーを心配してしまう。あの人たちだったら、ディーを奴隷のように搾取する。決して、意思のある人間として扱わない。

「お前の奴隷なら、なってやってもいい」

超イケメンに意表を衝かれた。胸のきゅんきゅんが止まらない。やめて。お父様とお兄様を思いだすことで無理やり止める。

「……お目が高い」

やっとのことで声を絞りだせた。

「決まりだ」

「契約料は払うわ。ただ宅配便の業務も手伝ってもらう。今日からうちのスタッフよ」

忙しくなっていたし、いろいろ考えて、スタッフも欲しかった。

「あぁ」

「……じゃ、乗ってちょうだい」

私はディーと一緒に空飛ぶ絨毯に乗り、風を切ってサレのギルマン男爵邸に向かった。

護衛というスタッフの加入で、やる気が漲る。

ドラゴン印の宅配便、本格的にスタートですわ。


ギルマン男爵邸の中庭に降りたら、使用人たちが出迎えてくれる。空飛ぶ絨毯にはすでに誰も驚かない。……はずなのに口を開けたまま驚いている？　視線の先は私の隣にいるディー？　……あ、ディーの迫力があり過ぎる。愛想の欠片もないし、怖いよね……あ、まさか、殺し屋と間違えられている？　悪女顔の私と並んだらヤクザの殴りこみ？

「……あ、誤解しないでね。彼はディー、殺し屋じゃないわ」

私が慌ててディーを紹介した時、レジスが硝子（ガラス）戸の向こう側から出てきた。その手にはレジス特性の通信魔導具がある。一言でいえば、メールみたいな優れもの。

「悪女、皇太子殿下の結婚式が決まったから男妾を囲うのか？」

想定外、私の膝が崩れ落ちる。……や、ディーが支えてくれた。

「……お、男妾？」

「噂通りの悪女なら愛人だ。噂と違う悪女でも愛人だとしか思えない」

レジスがまじまじと傭兵を眺めながら言うと、使用人たちも同意するように相槌を打った。

ディーは顰めっ面でスルー。

「天才魔導具師、ディーはドラゴン印のスタッフよ」

パンッ、と私はディーに挨拶するように背中を叩いた。

なのに、ディーは塩対応。

「ディー？　スタッフの雰囲気じゃない」

レジスは怪訝な顔でディーを調べるように眺めた。

「用心棒の傭兵よ」

「俺でもそいつは雇えないと思う」

お前の手に負える奴じゃない、とレジスは言外に匂わせた。警護担当の騎士はディーに警戒している。魔力持ちだから思うところがあるのかな？

「ユーゴ薬師と仲がいいみたいだから、信用してもいいと思うの」

自分で言うのもなんだけど、私には人を見る目がない。ただ、偏屈天才薬師の目は信じられる。

「お人好しの悪女、おかしいと思わないのか？」

「……何が？」

「ユーゴ薬師の炯眼には感服しているが、今、傭兵はラペイレット謀反で稼ぎ時だ。どうして帝都に集中している傭兵がこんなところにいる？」

レジスに差しだされた通信の魔導具には、内乱勃発寸前の帝都のデータ満載。

「……あ、言われてみればそうね？」

どうして、こんな時にディーは石碑の前で死にかけていたの？

今さらながらに私は根本的な疑問を抱いた。

「ディー、どこかの依頼を受けて悪女を見張っているのか？」

レジスが探るような目でディーに尋ねた。

ひょっとしたら、皇太子や宰相側のスパイかもしれない。けれど、あの時、石碑の近くにいた騎士団には宰相の間諜がいた。あれは宰相の騎士団？　ディーは宰相の騎士たちにやられた？　……なら、敵じゃない？　敵の敵は味方？

脳内でぐるぐるしていると、ディーは淡々と答えた。

「俺は恩を返すだけ」

ディーは低い声でポツリ。

「どんな恩だ？」

「だから、何があって、名ばかりの悪女に助けてもらったんだ？」

「助けられた」

「俺は頼んでいない」

「ディー、説明する気がないのか？」

レジスが呆れるのも無理はない。ディーは口下手っていうより、明かすつもりがない？

私がディーに変わって経緯を話すと、レジスはなんとも形容し難い顔で髪を掻き毟った。

天才魔導具師を信じていないのかな？

「アデライド、悪女を名乗るな」

「私も名乗りたくないのに悪女なのよ」

私が肩を竦めると、レジスはディーを覗きこんだ。

「ディー、いったいどこの誰にやられたんだ？」

「商売柄、敵が多い」

傭兵は依頼主に命を狙われることがある。それは深窓育ちの私以上にレジスがよく知っていた。

「そういうことにしてやろう。……じゃ、離れを紹介する」

レジスに案内された離れは、広い敷地内の西の端にあった。こじんまりとした棟は広すぎず狭すぎず、私とディーの部屋に応接間や居間、宅配便受付の部屋に倉庫など、部屋数は充分だ。目の前には西門があり、出入りもしやすい。専属の侍女までつけてくれた。

「アデライドから見たら物置小屋か？」

レジスに真顔で言われ、私は首を左右に振った。

「レジス、とっても素敵よ。アデライド商会の本拠地に相応しいわ」

「ラペイレット公爵家に比べたら物置小屋だろう？」

「私はドラゴン印の宅配便のアデライドよ。ちょうどいい感じ」

スタッフが増えても、業務が拡大しても、やっていけそうな広さだ。何より、最新式の魔導具が揃えられているから便利。レジス特製の通信の魔導具やデータ保管の魔導具は控えめに言っても神。

「悪女らしいことを言えよ」

「天才魔導具師の名にかけ、早急に飛行の魔導具をコピーしなさい」

私は左手首の虹色の腕輪を外し、レジスに渡した。

「それで悪女のつもりか？」

レジスは呆れ顔で虹色の腕輪を盗むような真似をする。

確かに、ここで空飛ぶ絨毯を盗られたら詰む。けど、プライドの高い天才はそんなことはしない。

「三日以内にコピーできなければ、アデライド商会専属魔導具師になってもらうわ」

原作補正が効いたら、明日にもラペイレット謀反で衝突。

お兄様やお父様に空飛ぶ絨毯のコピーを渡し、無双してほしい。……ううん、空飛ぶ絨毯が抑制力になって、謀反でっちあげが回避されるんじゃないかな？　皇太子も宰相も馬鹿じゃないから、負けるとわかったら武力衝突は避けるはず。

「……お、悪女らしくなってきた」

「天才魔導具師、期待しているわ」

レジスは真剣な顔で頷くと、視線を虹色の腕輪に落す。小声で呪文を唱え、金色の魔力を発散させた。

一瞬、ディーが身構える。

レジスの魔力は半端じゃない。

ガタガタガタガタッ、と天才魔導具師の魔力が建物を揺らした。私は立っていられなくて、ディーの大きな手に支えられる。

「……悪女、私では絨毯型にならない。どうしたらいい？」

レジスは自分の魔力で腕輪を空飛ぶ絨毯に変化させたかったみたい。

「……え？」

そこから？

レジスが迷える子羊に見えたのは気のせいだよね？

亡くなったとばかり思われていた前皇太子が決起する外伝、天才魔導具師はさくっとコピーしていたはず。

「まず、絨毯型にしてくれ」

とりあえず、オーダー通り、絨毯型にした。

レジスは苦行僧みたいな顔で絨毯を抱え、研究室に向かう。

「レジス、大丈夫かな？」

「アデライド様、いつものことです。心配なさらずに」

専属侍女たちは慣れているらしく、笑顔で私とディーを食堂に案内した。美味しい食事でエネルギーチャージ。

コピーが完成されるまで待つのみ。

天才魔導具師、信じているからね。

# 8　悪役令嬢、空飛ぶ絨毯を喋らせました。

翌日、昼過ぎになっても、レジスは研究室に閉じこもったまま一歩も出てこない。よくあることらしいけど、食事に手もつけていないから使用人たちも心配した。愛娘のマリアンヌ嬢も泣きそうな顔で扉をノックする。

それでも、返事はない。

「お父様、お休み？」

マリアンヌ様の希望的観測を執事が木っ端微塵に粉砕した。

「もうずっと、飲まず食わずで徹夜していらっしゃる。放置したら、倒れるまで閉じこもるでしょう。お若く見えるけれど、お若くないから危険です」

執事は一呼吸おいてから、私に礼儀正しく頭を下げた。

「アデライド様、どうかお入りになり、旦那様から飛行の魔導具を取り上げてください」

想定外、執事のオーダーにびっくりした。

「研究中なのに？」

「一度放したほうがいいことは間違いございません」

「鍵は？」

「亡き奥様との約束で鍵はかけられていません」

タイミングがいいのか、悪いのか、先日、依頼を受けたサレの塩職人から連絡が入る。得意先に塩製品を届ける仕事だ。引き受けることにした。

ノックとともに研究室に突入。

「……レジス、入るわよ」

古代語や魔法陣が描かれた書物が山のように積まれ、わけがわからない素材や魔導具で埋め尽くされた部屋は広いはずなのに狭い。レジスはひっくり返った長椅子にもたれかかっていた。大きな赤水晶にかけた空飛ぶ絨毯を虚ろな目で見つめている。原作、神がかった天才魔導具師にこんな描写はなかった。

心底から怖い。

思わず、背後のディーの腕を掴む。

「レジス、仕事が入ったの。飛行の魔導具を持って行くわね」

渾身の笑顔で話しかけても、レジスの焦点は定まらない。ディーの視線の先は宙に浮かぶ黄金の魔法陣や網、サイズの違う絨毯だ。きっと、レジスの魔力で造られたものだろう。

「お気持ちを運んでいる間、休んでちょうだい」

耳元で言っても、レジスの反応なし。

「…………」

マリアンヌ嬢がレジスの頬にキスしても覚醒しない。親バカのくせに。

「マリアンヌのパパ、マリアンヌ嬢が心配しているわよ」

「…………」

「行ってくるわね」

なんの反応もない天才魔導具師は愛娘に任せるしかない。私はディーとともに空飛ぶ絨毯で飛び立った。

塩職人に山のように積まれた塩とリストを渡され、私は面食らってしまう。届け先の数と量が半端じゃない。

「ドラゴンちゃんに感服した。頼むよ。まだゲートは復旧しない」

頑固そうな塩職人に気に入られたのはわかった。断るわけにはいかないけど、無理に引き受けても後で大問題。令和の宅配便ならミニ引っ越し。

「一度には無理です」

荷馬車二台で運ぶような塩を空飛ぶ絨毯に積めない。これ、空飛ぶ絨毯のデメリット。

「わかっている。運び屋なら最低でも五日はかかるし、特別料金をふっかけられていた」

ゲートが復旧しなくても運び屋は稼働中だという。ただ馬車で運送することになるから時間がかかる。同じ領内でも場所によっては五日以上必要らしい。

「今日、三回から四回、もしかしたら五回ぐらい往復します」

「明日の昼まで到着したら、違約金を払わなくてもいい。助かるよ」

塩職人は期日までに商品を納めなければ違約金が発生するという。ゲート復旧の見通しがつかないから、なんとかならないのかな？

「ゲート故障でも考慮してもらえないのですか？」

「戦争以外、例外はない」

「契約の時、注意したほうがいいです。ドラゴン印の宅配便も悪天候の時はお気持ちが運べません」

私がリストと地図を交互に眺めていると、ディーに低い声で指摘された。治安の悪い地域から届けろ、と。

納得して、ディーに荷物を持たせ、空飛ぶ絨毯で飛び立った。塩職人の荷物を各地に届けているうちに、どこをどう飛んだのか、途中でわからなくなる。

「アデライド、休め」

「お気持ちを預かったままで休憩できないのよ」

「休まないと倒れる」

「次、届けたら休憩」

塩職人から預かった特製の塩を塩洋菓子店の『ル・シャンティ』に届ける。看板を見て気づいたけど、ギルマン男爵邸で絶賛していた塩スイーツの名店だ。専属侍女のイチオシが塩マルメロのタルトでマリアンヌ嬢のイチオシが塩苺ショコラ。

荷物を届けた後に買い物しよう。

塩レモンのマフィンも塩ショコラのブリオッシュもゲットするわよ。

裏口にまで漂うバターの香りに、私の胃袋が溶けそうになった。もちろん、サインは忘れない。

ル・シャンティの店主夫妻や娘、使用人たちも空飛ぶ絨毯に驚いている。

けど、なんかムードが変？

「評判のドラゴン印の宅急便だね？」

店主に食い入るような目で見つめられ、私は営業スマイルを浮かべた。

「はい。ドラゴン印の宅急便、お気持ちを届けています」

「賞金首、こんなに堂々としているから、捕まっても文句はないな？」

店主が差しだした賞金首のお触れには、よく知っているラペイレレット公女の顔。使用人たちの手にも賞金首のお触れ。

はっ、と気づけばいつの間にか、私とディーは店主家族や使用人たちに囲まれている。

店主夫人の手には古いタイプの伝達の魔導具。

メグレ侯爵が私に賞金をかけたことは聞いていた。

まさか、私を差しだす気？

スッ、と見習い職人はパン棒を構えた。娘さんは箒（ほうき）でふくよかな女性は鍋でお婆ちゃんは縄で真っ赤なほっぺの男の子は両手にスプーンとフォーク……もしかして、それは武器のつもり？

「悪いことは言わないからおやめなさい」

私は諭すように優しく語りかけた。

ディーはいっさい動じず、冷静に周囲を見回している。たぶん、どんなに店主夫妻や使用人たちが暴れてもディーが勝つ。騎士どころか、店主側には、ケンカ慣れした人もいないと思う。

「アデライド様、賞金があれば借金が返せる。店も家も娘も売らずにすむ。許しておくれ」

店主が真っ赤な目で言うと、妻子や使用人たちも大粒の涙をはらはら零（こぼ）した。……あぁ、そういうことか。思わず、納得しちゃう。

「借金はいくらなの？」

「賞金があればすべて上手くいく」

　メグレ侯爵は法外な賞金をかけていた。賞金稼ぎはラペイレットが怖くて狙わないと、レジスやディーが口を揃えていたから油断していた。善良な市民に狙われるのは辛い。

「私をメグレ侯爵に渡したら、あなたも家族も終わりよ。家族のためにおやめなさい」

　脅しじゃない。お父様やお兄様たちは絶対に許さない。

「借金を返せなかったら終わる」

「借金の理由は？」

「運び屋に持ち逃げされ、商品がお客様に届けられなかった。違約金が発生した。被害が大きすぎた」

　店主が声を詰まらせると、やつれ果てた夫人が嗚咽をもらしながら説明した。パーティ用に大量注文された塩スイーツを運輸ギルドから紹介された運び屋に託したという。なのに、運び屋は忽然と姿を消した。上得意からクレームが入り、初めて運び屋の犯行に気づいたそうだ。運輸ギルドが手を尽くしても、行方は杳として掴めず。

　悲しいけれど、運び屋による犯罪は珍しくない。運輸ギルドを通していなかったら、この時点で破産していたという。

「私はル・シャンティの塩スイーツが気に入っているの。投資するわ。借金を払いましょう」

メグレ侯爵がかけた賞金の五倍、私の銀行口座にはある。国内の二か所、隠し財産も作っていた。いざという時のため、前々からこっそり貯めていたのだ。何せ、毎月、私の品格保持のためにあてられたお小遣いがすごかった。

「……は？」

一瞬で店主の涙がひっこんだ。

「ドラゴン印の宅配便も運び屋よ。運び屋の犯罪で泣いている人を見過ごせないわ」

レジスが運輸ギルドではなく商業ギルドに登録するように勧めた理由がわかる。いったいなんのための運輸ギルド？

「……悪女の罠か？」

朴訥（ぼくとつ）とした店主も銀の悪女の悪名を知っているみたい。

「悪女の罠か、罠じゃないか、試してみなさい」

呆然と立ち尽くす店主より、妻子のほうが強かった。それぞれ、私の前に跪く。時間が勿体ないからそんな儀式はノー。

「ル・シャンティ、救いたかったらついてきなさい」

私は妻子とともに最寄りの銀行に走り、借金を返済させた。謀反の噂が流れていても、ラペイレットの名は強い。皇室も私の銀行口座を封鎖していなかった。

かくして、ル・シャンティの面々に泣きながら感謝される。

「……あ、アデライド様……この御恩は生涯、忘れません。ラペイレットの挙兵には協力します」

「アデライド様、私もアデライド様にご恩を返すため、戦います」

「毒入りスイーツなら任せてください」

菓子職人や看板娘たちの共闘宣言にビビる。

「ラペイレットは挙兵しないから安心して」

宥めるにも一苦労。

「どこが悪女だ？」

ディーに呆れられたけど気にしない。私は自分を守っただけ。賞金首として通報されそうになったから阻止したの。

その後、塩職人に依頼された塩を各地に運び終えた。

いつしか、日暮れ。

暗くなったら仕事終了。

社畜根性が染みついていても、それだけは守る。

茜色に染まったギルマン男爵邸の離れに戻り、レジスの好物だという子羊のミルフィユを食べた。

「レジスは？」

私の質問に専属侍女があっけらかんと答えてくれた。

「執事さんが強制的に眠らせました」

レジス、どうしてそんなに手間取っているの？

外伝では簡単にコピーしていたわよ。

心底からエールを送りつつ、塩味の効いたショコラタルトを平らげた。しょっぱさと甘さのマリアージュは最高。


翌日の朝、レジスが幽鬼を背負って現れた。

「アデライド、どこがどうなっているのか、さっぱりわからない。あれはどうなっているんだ？」

苦海に沈んだような天才魔導具師の言葉を悪女スマイルで一蹴した。

「天才らしいことを言って」

「悪女の魔力で飛ばしているのか？」

「私に魔力はほとんどないの」

レジスならば私の乏しい魔力に気づいているはず。こんな質問をするあたり、追い詰められて命ギリギリ？

「悪女、いったいどこで手に入れた？」

レジスに真摯な目で見つめられ、私は内心の動揺を悟られないように全力をそそぐ。真実を明かしても信じてもらえないだろう。

「夢の中で」

こういう時、悪女は楽。

「これは魔導具じゃない」

天才魔導具師は未知との遭遇に困惑している？

「魔導具でなければ何？」

「魔力の塊じゃないか？」

さすが、伝説の大魔法師の遺物だから間違ってはいない。

「……かもね？」

とっておきの悪女スマイルを披露すると、レジスの双眸はギラついた。

「やっぱりそうか。誰の魔力だ？　ラペイレットの先祖の魔力を集結させたのか？　黒魔術だよな？」

オーノー、どうして黒魔術？

建国と同時に黒魔術は禁じられた。原作、ラペイレット専属魔法師が裏切りを食い止めるため、黒魔術に手を出して自滅した。敗戦後にバレて、なんの罪もなかった侍女たちまで投獄された理由。

レジスの推理が黒魔術に進んだら、私もラペイレットもブランシャールも危ない。今の時点ではディーも。

「天才大魔法師の遺物かもしれないわね」

なんでもないように明かすと、レジスの周りの空気が変わった。ゴゴゴゴゴゴッ、とどこからともなく地鳴り？

「まさか、始祖を助けた大魔法師のレイ？」

伝説の大魔法師が記した書籍はすべて皇宮の図書館に収められている。遺物に関した書籍は皇族しか入室できない隠し部屋に保管されていた。帝国にとって大魔法師自体がトップシークレットみたいな感じ。

「たぶん、そうじゃないかな？」

「伝説の大魔法師の情報は限られている。まるで大魔法師が自分の存在を消したかのようだ……」

「コピーにそういうことは重要じゃないわ。レジスならコピーできる。やればできる」

私は両手の拳を固く握ってエールを送る。

なのに、天才魔導具師は渾身のエールをスルー。

「大魔法師の魔力の塊ならコピーは無理だ」

「レジスならできる。ドラゴン印の未来がかかっているの」

「伝説の大魔法師の遺物をコピーできると思うか？」

「できる。できるわよね。……あぁ、もう、時間がないの。どうしたらいいの？」

レジスより空飛ぶ絨毯。

私が空飛ぶ絨毯を掴んで話しかけた途端、目の前に二重の虹が現れた。眩しくて目を開けていられない。

空飛ぶ絨毯も熱くて、ぱっ、と手放した。

「……え？」

レジスは腰を抜かしてへたりこみ、ディーはまったく動じずに私を庇うように立つ。

『……あぁ、情けなや。聞いておれん』

……嘘？

嘘じゃない？

……ん、嘆いたみたい？

空飛ぶ絨毯が虹色の光を放ちながら声を出した。

「……空飛ぶ絨毯が喋った？」

私はディーにしがみつきながら、やっとのことで声を張り上げた。

『ラペイレットの血を受け継ぐ者、我を悪用しないとわかっているから従った』

空飛ぶ絨毯に口は見えないけれど、涼やかな声が聞こえてくる。ふわふわふわ〜っ、と目の前を飛んだ。

「……あ、はい。空飛ぶ絨毯、悪用しません。世のため、人のため、活用させていただきます」

『誓え』

ピタリ、と私の目の前で空飛ぶ絨毯は止まった。

「はい。誓います」

手を自分の胸に当てて宣誓のポーズ。

『ソワイエを潰すな』

声の主は空飛ぶ絨毯、つまり建国に関わった伝説の大魔法師？

……とは思えないけれど、ソワイエとは帝国ではなくてソワイエ家、皇室のことだよね？

皇帝一家を潰すな、ってこと？

「わかっています」

私はエヴラール殿下や皇帝陛下の命は狙ってはいない。お父様もお兄様も皇室を支配しようなんて考えていない。

『民を泣かすな』

「わかっています。泣かせません」

『戦で泣くのは民ぞ』

「わかっています。戦争を起こさないため、コピーが必要なのです」

『九頭龍（くずりゅう）、龍の鱗（うろこ）、龍の心臓、天馬の蹄（ひづめ）、双頭の鷹（たか）の肝』

空飛ぶ絨毯は言うだけ言うと、虹色の光が消え、いきなり地面に落ちた。部屋の空気も一変する。

「……え？　もしもし？」

どんなに空飛ぶ絨毯に呼びかけても返事はない。

ただ、天才魔導具師が雷を食らったような顔をしていた。

「……わ、わかった。そういうことか」

レジスは空飛ぶ絨毯を手に取り、黄金の魔法陣を四方に浮かばせる。呼応するように、空飛ぶ絨毯の中央に虹色の魔法陣が浮かんだ。

「レジス？」

「ゲートと一緒だ」

突然、天才魔導具師の口から瞬間移動できる魔導具が飛びだした。ディーも何か思い当たったみたいだけど、私はわけがわからずに瞬き五回。

「ゲート？」

「ほら、伝説の魔法師がゲートを作った。九頭龍は中心塔」

帝国が発展した最大の理由は大魔法師が発明したゲートだ。帝都を中心に広大な帝国内を繋げることができたから。

「……あ、九頭龍で中心塔が作られたことは聞いた」

皇太子の婚約者になった利点は、皇宮図書館に秘蔵されている禁書にも触れることができたこと。魔力がなくても古い魔導書や魔法書に目を通すことは楽しかった。

「ゲートは帝都にある中心塔を中心にエネルギーが行き交う。……わかった。この本体が中心塔だ……そうか……コピーじゃない……これを中心に考えて……わかったーっ」

レジスは空飛ぶ絨毯をぐるぐる巻きにして飛び跳ねた。興奮して自分を見失っている。どこかの子供に見えないこともない。

「……わ、わかったの？」

「ドナシアンとバルニエ商会を呼べーっ」

レジスは空飛ぶ絨毯を抱え、執事に向かって叫んだ。ドナシアンもバルニエ商会も常人では手に入れられないものを入手する凄腕。

レジスは血走った目で弟子に指示を出し、通信の魔導具を操作してから私に凄(すご)んだ。

「悪女、三日以内に完成させる。俺の魂を捧げてやるから待っていろ」

「魂は捧げなくてもいいから待ってる」

以後、レジスは空飛ぶ絨毯とともに研究室に閉じこもった。呼び出された業者が真っ青な顔で出入りする。

邸内の人々は慣れているらしく誰も慌てない。

「アデライド様、一緒におやつ、食べましょう」

「マリアンヌ様、光栄です」

私はマリアンヌ嬢と一緒に優雅なティータイム。

「あのね。お姉様、って呼んでもいい？　ずっとお友達にお姉様がいて羨ましかったの」

「マリアンヌ様、光栄ですわ」

「マリアンヌ、って呼んで」

天真爛漫(てんしんらんまん)な令嬢に感動。

空飛ぶ絨毯のコピーがあれば、いつでもユーゴ薬師のところに飛んでいけるからね。

悪役令嬢、天才魔導具師を信じて待ちます。

## 9　エヴラールより。悪女を排除したら予想外の事態を迎えました。

アデライドを皇宮から追放した後、不可解なことばかり。

ラペイレットは挙兵せず、アデライドを勘当し、不気味なくらい静かだ。ゲートの故障もラペイレットの仕業だと踏んでいるが証拠はない。

予定では今頃、ラペイレット謀反を制圧しているはずだった。宰相や母上も目論見が外れ、困惑している。

ただ、血を流さずにすむならそれでいい。

しかし、いきなり、私に回される書類や謁見など、政務が増えた。皇帝陛下の代理として国務をこなしている現在、これ以上、対処できない。

「今までアデライド様が担当していました」

書記長が私の前に未処理の書類を積み上げる。若い書記官は私の前に未処理の手紙の山を置いた。

「アデライドが担当していたことは、すべてデルフィーヌに回したまえ」

「デルフィーヌ嬢に回しましたが、泣かれました」

「いったい誰がデルフィーヌ嬢をいじめた？」

傲慢なアデライドとの婚約破棄は誰もが望んでいた。慎ましいデルフィーヌを歓迎したのではなかったのか。

「誰もいじめていません。書類を前に泣きました。書類の内容が理解できなかったようです」

書記長が事務的な口調で言うと、傍らの書記官たちも賛同するように相槌を打った。

「……なんと？」

「デルフィーヌ嬢は比類なき淑女ですが、処理能力はございません」

書記長に真顔で言い切られ、私は二の句が継げない。

結局、徹夜で書類を処理することになった。意外にも書類や手紙の処理をしていた書記官たちはアデライドの肩を持つ。

「アデライド様は優秀でした。どんな難しい書類でも辞書で調べながら処理し、ミスをしても怒らず、カバーしてくれました」

私には外国の言語による書類や手紙も多い。優秀な書記官たちが追放した悪女を庇うから戸惑う。

「アデライドに賄賂(わいろ)でももらったのか？」

デルフィーヌや側近たちから、アデライドの賄賂工作は聞いている。

「賄賂で書類は処理できません」

生真面目な書記官が嘘をついているとは思えない。だが、信じられない。信じたくなかったと言ったほうが正しい。

私は間違ったのか？

間違っていたのか？

真実はどこにある？

デルフィーヌに身を寄せられても霧は晴れない。

夢想だにしていなかった事態は、さらに混沌とした様相を見せた。

「皇太子殿下、恐れながら申し上げます。東国大使の謁見の儀、代理がデルフィーヌ嬢では失礼に当たります」

担当者に困惑顔で進言され、胸騒ぎがしつつも言った。

「今までアデライドが代理で対処していた。デルフィーヌが妥当だ」

「アデライド嬢はラペイレットとブランシャールの血を受け継ぐ公女でした。資金難に陥った東国の王室を内々に援助したのはラペイレットでございます」

またか……これで何件目なのか、もはや覚えてはいない。アデライドに任せていた謁見や交渉がすべて私に回ってきた。デルフィーヌに任せようとしても、任せられないという。

「……わ、私がいけないのです。アデライド様から賄賂を受け取った人たちに理解されない私がいけないのです。申し訳ございません」

デルフィーヌは泣くばかり。

お妃教育も捗らず、同盟国の言語も習得できず、母上や教育担当者たちも焦っているという。デルフィーヌが優し過ぎるのが仇になったのか？　……否、弱すぎるのか？　アデライドは一度も弱音を吐かず、すべてこなしていた。

何より、最大の誤算は金銭問題。

今まで予算で困ったことは一度もなかった。

「今まで毎月、皇太子殿下のお名前で施設に寄付していましたが、どうなさいますか？」

皇太子の金庫番と呼ばれる伯爵が、記録の魔導具を差しだしながら言った。私にしてみれば愚問だ。

「従来通りに」

「真に言いにくいのですが、予算がありません」

記録の魔導具には収支決算が記されている。一目で赤字だとわかる決算書だから、私のものだと俄かには信じ難い。

「なんと？」

「ご存じの通り、今までアデライド嬢が皇太子殿下の予算に関わっていました」

将来を見据え、皇太子妃候補が皇太子の予算を金庫番とともに見ていた。

「アデライドが私の予算を着服したと聞いている」

母上や側近たちはアデライドの横暴ぶりに悩んでいた。アデライドが消え、予算に余裕ができるとばかり思っていたのにどういうことだ？

「違います。アデライド嬢が足りない予算をラペイレットから引き出していました」

衝撃の事実に、私は息を呑んだ。

信じられないが、父が見込んだ金庫番は信頼に値する人物だ。私は今まで一度も疑ったことはない。彼が優秀だからアデライドを押さえられたと思っていた。

「聞いていない」

「誰も報告していないのですか？　施設への寄付金はすべてアデライド嬢から出ていました」

確認すれば、皇太子の予算にラペイレットから多額の資金が流れていた。アデライド個人名も目につく。

「アデライドが私の予算を着服し、宝石やドレスを買いあさっていると聞いていた」

宰相や母上、側近たちの言葉が脳裏に刻まれている。デルフィーヌ嬢も涙目で贅沢なアデライドを嘆いていた。

『アデライド様は殿下の予算を使うことで、女性としてのプライドを保っているそうです。お可哀相な女性です』

『アデライド、許せぬ。私の予算は国家の予算と等しい』

『私がいけないのです。殿下の気を引くため、予算で高価な宝石を買いあさっているのでしょう』

デルフィーヌの言葉も涙も明確に覚えている。いったいこれはどういうことだ？　私を騙したのは誰だ？

「殿下、冷静に予算を見直してください。毎年、皇太子殿下に当てられる予算は決して少なくはありません」

皇帝陛下に次ぎ、私には予算が割り当てられている。皇太子直轄領地から徴収する税金もあった。

「皇太子として品格を保てる予算が当てられていると聞いている」

「なれど、施設への寄付、教会への喜捨、恵まれない者たちへのほどこし、皇太子領の災害手当と救済、デルフィーヌ嬢への援助など、皇太子の慈悲深い御心をすべて賄える金額ではございません」

金庫番はつらつらと捲し立てた。皇太子殿下の命令をすべて聞きたいけれど金がない、ということだ。

「アデライドの責任ではないのか？」

いつだったか、アデライドが生意気にも私に意見した時のことを思いだした。『一度、皇太子殿下は現実を見てくださ い』と。

その手には目の前にある記録の魔導具があった。

「アデライド嬢はいつも皇太子殿下のため、ラペイレットから資金を引き出していました。今まで皇太子殿下の御希望がすべてかなえられたのは、ラペイレットの資金があったからです」

殿下のお考えは立派ですが、金がなくては何もできない、と金庫番はとうとう口に出して続けた。

傲慢で金遣いの荒い元婚約者、どういうことだ？

予想だにしていなかった事態に、足元が崩れ落ちたような気がした。

結婚式の日取りも決まり、莫大な支度金も渡したのに、準備が滞っている。最大の理由はデルフィーヌの父と家門の無力さだ。

ラペイレット傘下の家門を退け、デルフィーヌの父を要職に就けてもしっくりしない。挙式の後、国内外の招待客を招いた夜会や茶会が続く。皇太子妃が主催する茶会は出身家門が準備することがしきたりだ。

「皇太子殿下、申し訳ございません。我が子爵家には皇宮で茶会を催す力がございません」

デルフィーヌの父親の言葉に、私は自分の耳を疑った。

「充分な支度金を納めた」

「殿下とデルフィーヌのため、破産するわけにはいかず、支度金を使わせていただきました。ご容赦ください」

支度金を使いこんだ、と子爵家当主は堂々と言った。私が援助すると思いこんでいるのだろう。

「私がいけないのです。私が恐れ多くも殿下を愛してしまったから……おそばにいられるだけでも幸せでしたのに……」

デルフィーヌに泣きつかれ、気持ちが冷めていく自分に気づいた。彼女は未来の皇后に相応しくない。

高慢な宮廷貴族たちを黙らせたアデライドが脳裏を過った。しかし、今になってデルフィーヌを捨て、アデライドを正妃として迎えるわけにもいかない。

デルフィーヌを推薦した側近に相談するしかなかった。

「エヴラール殿下、それらは未来の舅が負担するものです」

宰相の息子、つまり私の母の年の離れた弟が呆れたように答えた。ほかの側近たちにしてもそうだ。代々、皇太子妃を輩出する家門には力があるから問題はない。だが、稀にはある。五代前と八代前の皇太子妃は没落貴族の娘だった。しかし、後見人がすべて出した。前皇后も古代龍人族の生き残りで家門の力はなかったが、すべて後見人に立ったブランシャールが出した。

「デルフィーヌの父には無理であった」

デルフィーヌを推薦したのは誰だ？

私の意図に気づいているだろうに、叔父は肩を竦めた。

「殿下の舅も情けない」

「デルフィーヌも泣いていた」

「……父に、宰相に回しましょう。ピエルネは皇太子殿下の最大の盾でございます」

「話を通しておけ」

「殿下、さすがに私の口から申せません。殿下から父にお願いしてください」

一瞬、聞き間違いだと思った。

「お願い？」

空耳ではないのか？

この私が予算ごときで宰相に頭を下げろというのか？

「さようでございます。我がピエルネはラペイレットのような大富豪ではございません。限られた資産の中から皇太子殿下に回しますので配慮をいただきたく」

いつも陰になり日向になり、私を盛り立てようとしていた叔父はいない。生まれて初めて、叔父が隠し持っていた剣に気づいた。ラペイレットの盾が消えた結果か？

「宰相はどこに？」

「サレ伯爵を尋問中です」

サレ伯爵といえば、代々、皇帝派の主要貴族だ。商業ギルド長として帝国内の繁栄にも辣腕(らつわん)を振るっている。

「尋問とは穏やかではない」

「アデライドが事業を始められたこと、ご存じではありませんか？」

「耳には届いたが、真実とは思えぬ。あの傲慢な女が平民相手に商売などするか？」

話を聞いた時は信じられなかった。なれど、事業内容には感心した。できるならば、皇室の事業として展開させたい。

「レジス・ギルマン男爵が保証人になり、サレ伯爵が商業ギルドに登録を許可しました」

ラペイレットから離れた元婚約者を支える人物に驚愕した。天才魔導具師も商業ギルド長も帝国を支える柱だ。

「ギルマン男爵もサレ伯爵もラペイレットを敵視していた家門ではないか」

「陰で大きな賄賂が動いたのでしょう。父が宰相として尋問するのは当然だと思います」

ラペイレット謀反にギルマン男爵とサレ伯爵が加勢したら大打撃だ。……否、あのふたりが賄賂に屈したとは思えない。何か、あったに違いない。

「私も会おう」

「エヴラール殿下、控えてください。彼らはアデライドに調略されています」

「ありえぬ」

「アデライドの飛行の魔導具に恐れをなしたのでしょう。あれで襲撃されたら一溜りもありません」

アデライドは虹色の絨毯で空を飛び、荷物を届けていると聞いた。

「飛行の魔導具も真実だったのか？」

「私も聞いた時は信じられませんでしたが、自分の目で確認しました。事実です。列強でも評判の魔導具です」

アデライドが乗り回している魔導具に関しては、私の理解を遥かに超えている。飛行の魔導具でサレ伯爵領民もオヴェール騎士団の悲運の騎士も救ったという。

私の知らないアデライドがいるのか？


宰相の態度が目に見えて変わった。

私の意志を無視し、宰相の意見を押し通す。

外祖父の隠し持っていた牙に気づかなかった私が愚か。

今になって父上が私の婚約者にラペイレット公女を選んだ理由がわかる。不幸中の幸い、まだラペイレットは挙兵していない。

今ならば間に合うだろう。

久しぶりに皇宮でアデライドの兄であるリオネルを見つけた。デルフィーヌを泣かせたようだが咎める気はない。アデライドと違ってよく泣く女だ。

デルフィーヌを下がらせ、リオネルに声をかけた。

「リオネル、アデライドとは婚約破棄したが、ラペイレットを排除するつもりはない。誤解するな」

すべて許してやるから戻れ、という私の気持ちは通じたはず。

「寛大なお心に感謝します」

リオネルは胸に手を当て、このうえなく優雅に礼儀を払う。……が、アデライドと同じ色の瞳は敵意を帯びている。

「今まで通りに」

今まで通り、資金を回せば、アデライドの名誉を回復してやる。

すべて口にしなくてもわかるだろう。

「今までは皇太子殿下と縁続きになる家門として接することができました。デルフィーヌ嬢を選んだ今、ラペイレットの出る幕はございません」

うちの姫を捨てたのは誰だ？

二度と資金は回さない、とラペイレットの後継者は拒んでいる。

「ラペイレットに栄誉を与える」

「殿下がお選びになったデルフィーヌ嬢の家門にお与えください」

これ以上、嫌みを聞きたくない。

「リオネル、謀反と思っていいか？」

私は皇太子、そなたは臣下、立場を忘れたか？

今すぐにでも私はそなたを投獄できる。

思いあがるな。

「ピエルネの操り人形、ラペイレットの後ろ盾がなくなって後悔したのか？」

「謀反」

リオネル、思いあがったな。

「どうぞ、謀反としてください。ラペイレットの力がどんなものか、そろそろ勉強する頃です」

リオネルが視線を流した先には、ラペイレット傘下の家門関係者が並んでいる。まさか、この場で一戦交えるつもりか？

「無礼な」

私の背後には皇宮騎士団の精鋭たちが控えている。一言で捕縛することができるというのに。

「アデライドは今や大きな商団も無視できない商会主です。商業ギルドでもアデライドを絶賛している。いい加減、現実を見たらどうですか」

私とリオネルが睨み合っていると、どこからともなく甲高い悲鳴が聞こえてきた。同時にしゃがれ声の罵声も響く。

ブランシャール大公爵とメグレ侯爵が殴り合っていた。双方、高位貴族には見えない。ラペイレット公爵は宰相と言い合っている。誰も止めようとはしない。……止められないのだろう。

あちこちで囁(ささや)かれるラペイレットの挙兵。

血を流すしかないのか？

知れば知るほど、アデライドの持つ飛行の魔導具が脅威だ。リオネルの表情を見て、話し合いで決着がつかないことを覚悟した。

メグレ侯爵が寝込んだ後、宰相は臨戦態勢を取った。もはや、結婚式の準備どころではない。母上には止められていたが、私は父上の見舞いに行った。

「父上の容体はどうだ？」

「我が師、ユーゴのポーションで持ち直したようです」

皇室専属薬師の診立て（みた）では、師にあたるユーゴ薬師のポーションが効いているという。改めて、ユーゴ薬師を皇室専属にできなかった不手際を問い質したい気分だ。先代も先々代もユーゴ薬師の弟子だったが、師匠には遠く及ばない。

薬の匂いが漂うベッドルーム、父上は執事長の手を借り、上体を起こした。息子であっても寝ている姿を見られたくないのだろう。

「父上、お加減はいかがですか？」

あえて宮廷式の挨拶はしない。

「エヴラール、見舞いにきたということは後悔したのか」

父上に単刀直入に切りこまれ、焦ったけれど顔には出さない。

「父上が私の正妃にラペイレット公女を選んだ理由がわかりました」

「一家に権力が集まるとよくない」

ピエルネの血を引く皇太子がラペイレット公女を娶れば権力は分散される。すなわち、私はピエルネの傀儡にならずにすむ。同時に正妃の実家であるラペイレットの傀儡にもならずにすむ。

「アデライドが事業を起こしました」

「余も聞いた。さすが、ラペイレットとブランシャールの血を受け継ぐ娘ぞ。どんな厳しい妃教育にも音を上げなかった」

皇太子妃が事業を起こすなど、言語道断の所業だが、父上は手放しで称賛した。前々から帝国内の配送問題に腐心していらしたからだろう。皇室主導で取り組もうとしたけれど、利害関係が絡み、運び屋ギルドの反対もあり、あえなく頓挫した。

それなのに、アデライドはどうやって運び屋ギルドを抑えこんだ？　サレ伯爵領の砦で運び屋ギルド長の孫を助けたという噂は真実か？　その恩で運び屋ギルドはアデライドを妨害しないのか？

「アデライドを呼び戻します」

生意気な公女だが、昔から私の気を引こうとして必死だった。憎いわけではない。今も私への未練が大きいと聞いている。喜んで戻ってくるだろう。

「アデライドは戻ると思うか？」

「私を誰だとお思いですか」

アデライド、これ以上、私の邪魔はさせない。

私のそばに戻ることを許す。

どんなに傲慢に振舞ってもいいから、私のそばにいればいい。

## 10　空飛ぶ絨毯チーム、参上ですわ。

翌日、伝達の魔導具に依頼が入るけれど、レジスが出てこないから空飛ぶ絨毯がない。けど、空飛ぶ絨毯を取り上げ、熱くなっている天才魔導具師に水を差すような真似はしない。だからといって、古い付き合いでもないのに依頼を断ったらアウト。たぶん、二度と依頼してくれなくなるし、評判も下がるだろう。

どうする、ドラゴン？

断らないけれど、引き受けられない。

断らずに届けずにすむのは……あ、あの手があった。

「申し訳ございません。ドラゴン印の宅配便は魔導具のメンテナンスのため、お休みをいただいております。三日後には再開する予定です。予約を入れてくだされば、再開次第、伺わせていただきます」

断ったわけじゃない。

空飛ぶ絨毯のメンテナンスと予約、これで許してくれるかな？

『……あぁ、三日後でいい。再開したら来てくれ』

「ありがとうございます。メンテナンス終了次第、連絡をさせていただきます。キャンセルも受け付けますから」

三日も経てばゲートが復活すると思うけど、運び屋ではなくドラゴン印の宅配便を使ってくれるという。嬉しい。

こういった予約は一件ではなく立て続けに七件、入った。確かな手ごたえを感じる。頑固一徹な塩職人に気に入られたことが大きかったのかもしれない。ガラス職人や仕立て屋など、職人の仕事が増えた。砦の関係者の仕事も右肩上がり。

三日後、とんでもない仕事量。

記録の魔導具を見て、社畜根性が軋んだ。

「ディー、手分けしないと無理かもしれない。ひとりでできるわね？」

私は隣で通信の魔導具に目を通しているスタッフに声をかけた。コピーが完成したら、別々に届けたほうが捗る。ディーの塩対応は心配だけど、荷物を届けてサインをもらうぐらいできるだろう。令和の宅配便でも強面で不愛想なオヤジが荷物を届けていた。

「なんのための用心棒だ？」

ディーに憮然とした面持ちで言われ、私は手を小刻みに振った。

「寄り道せず、飛ぶだけだから大丈夫よ」

今現在、心配なのは天候と空を飛ぶ魔獣ぐらい。

「ラペイレット公女、そろそろ危ない」

私の呼び名で何を言いたいのか、なんとなくわかる。使用人たちも同じ懸念を抱いているらしく、朝からちょっと様子がおかしかった。専属侍女の目なんて潤んでいたもの。

「ラペイレットは挙兵しないわ」

「宰相と皇后をナメるな」

「ラペイレット謀反を捏造される？」

「お前の身柄が押さえられたら、ラペイレットはどうする？」

「……そんなのっ」

私が恐怖で喉を引き攣らせた時、執事が来客を知らせた。商人と名乗っているけれど、商人に見えないと言う。商人名を聞き、私は離れの応接室に案内させる。

案の定、商人に化けたつもりの専属騎士のテオドールだ。本人、あまりにも逞しくて商人には見えない。

「テオドール、変装しても商人に見えない」

私が人差し指で差しながら指摘すると、テオドールは凛々しく整った顔を歪めた。

「アデライド様の男装よりマシだと思います……いえ、こんなことを言っている場合ではございません」

「どうしたの？」

つい先ほど、ディーから恐ろしい見解を聞いたばかり。

「アデライド様、至急、ラペイレットにお戻りください」

「私は勘当されたの。戻っちゃ駄目よ」

「昨日、宰相とラペイレット公爵が揉め、皇太子殿下とリオネル様が揉め、ブランシャール大公爵とメグレ侯爵が揉めました」

原作、挙兵の直前、お父様と宰相、お兄様と皇太子、お祖父様とメグレ侯爵が激しく言い合った。

「何があったの？」

「きっかけはほんの些細なことです。デルフィーヌ嬢のお取り巻きがアデライド様を辱め、たまたま居合わせたリオネル様が言い返し、デルフィーヌ嬢が泣き、皇太子殿下が口を挟み……」

風が吹いて花が散っても、雨が降って建国祭のパレードが中止になっても、デルフィーヌ嬢はさめざめと泣いた。隣にいた私が泣かせたと、皇太子殿下や側近たちに非難されたものよ。思い返せば、あれ、デルフィーヌ嬢は狙っていた？

「……なんとなく想像がつく」

「ブランシャール大公爵とメグレ侯爵は殴り合いました」

　メグレ侯爵は寝込んでいます、とテオドールは独り言のように続けた。

「……お、お祖父様……」

　原作通り、と喉が引き攣る。

　何せ、お祖父様とメグレ侯爵の乱闘シーンは綴られている。勝者は悪役令嬢を溺愛する往年の騎士だ。

「ゲートの復旧次第、皇太子殿下はラペイレットを撃つでしょう。ゲートが復旧する前、ラペイレットは立ちます」

　闘う男の顔で告げられ、私は愕然（がくぜん）とした。

「立っちゃ駄目」

「ラペイレット公爵もリオネル様もブランシャール大公爵も覚悟を決めました。アデライド様が真っ先に狙われますからお戻りください」

「それが敵の罠。絶対に駄目」

　必ず、コピーは完成する。

　お父様とお兄様をコピーで飛ばせたら、皇太子殿下も武力衝突は避けるはず。

　ちょっと待って。

「アデライド様が人質に取られたら手も足も出ない。ラペイレットにお戻りください。奥様が泣き続けていています」

テオドールに距離を詰められ、私は背後に立っていたディーを指した。

「ディーがいるから大丈夫」

「ディー？」

「用心棒兼スタッフ」

「……まさか、ブラック・ルシアンのディー？」

刹那、テオドールの表情もムードも豹変した。心なしか、部屋の温度が下がったような気がする。

「ああ」

ディーがあっさり肯定すると、テオドールは信じられないと言った風情で首を振った。

「どうして、ブラック・ルシアンのディーが？」

原作、本編も外伝も読んだけど、ブラック・ルシアンという名に記憶はない。

「テオドール、ディーを知っているの？」

私が怪訝な顔で尋ねると、テオドールはなんとも形容し難い顔で答えた。

「ブラック・ルシアンのディーといえば、大魔法師クラスの魔力を持つ傭兵です」

「そんなにすごいの？」

「領地戦はブラック・ルシアンを雇ったほうが勝つ、とまで言われています」

「ブラック・ルシアン、聞いたことがないわ」

大小の傭兵団は本編にも外伝にも出てくる。けど、勝敗を決めるほど影響力のある傭兵団はなかった。……や、あったかな？

「帝国どころか大陸一の傭兵団です。獣人国の内乱を鎮めたのもブラック・ルシアンですよ」

テオドールは興奮気味に語ったけど、ディーやブラック・ルシアンを尊敬しているみたい。もっとも、ディーはいつもと同じように仏頂面で無言。

「そんなすごい傭兵がいたのね」

「ブラック・ルシアンとディーはアデライド様とラペイレットにつく、と思っていいのか？」

テオドールが低い声で聞くと、ディーは鋭い目をさらに鋭くさせた。

「ああ」

ディーの返事を聞き、テオドールは驚嘆したように息を吐いた。

「傭兵は裏切りますが、ブラック・ルシアンは契約を破らない。信じてもいいでしょう」

アデライド様がどうしてディーを？

テオドールは聞きたそうだけど、ここで説明するつもりはない。

「とりあえず、もうちょっと待って」

「待てません」

「三日」

「無理です」

「ブラック・ルシアンのディーなら私を守るわ」

コピーが完成したら風向きは変わる。

エヴラール殿下も宰相も空飛ぶ絨毯に乗ったお父様やお兄様たちに負けると確信するはず。

あと少し。

死に物狂いで宥めた。

ディーには驚いたけれど、テオドールを納得させられたからよかった。お父様への手紙と塩スイーツを持たせ、帰らせる。

天才魔導具師は研究室に閉じこもったまま。

今日もマリアンヌと一緒にティータイム。

ピンク塩タルトも塩チーズケーキもうまっ。

天才魔導具師が研究室に閉じこもって三日目の朝、弟子や使用人たちが慌ただしく動き回っていた。

塩バターガレットの朝食後、離れにボサボサ頭のレジスがドヤ顔で現れる。

「アデライド、ラペイレット専属になれなくてすまん」

不精髭のドヤ顔が憎いね。

「完成したの？」

「見ろ」

差しだされたのは、虹色の腕輪が五本。

どれがオリジナルか、私には見分けがつかない。

「さすが、百万年にひとりの天才」

「どれか、わかるか？」

「わからない」

「触ってみろ」

「……わからない……あ、これかな？」

なんとなくだけど、触った途端、文句を言われたような気がした。『我を間違えるな』って。

「さすが、わかるんだな」

「印をつけた？」

「魔導具師としての証、腕輪の裏に刻んでいる」

天才魔導具師が言った通り、四本の腕輪の裏側にはレジスを記す紋が刻印されていた。オリジナルにはない。

それから、入念なチェック。

コピーした腕輪はすべてなんのトラブルもなく絨毯型になり、中庭を飛んだ。私だけでなくディーにもさせる。レジスも最高の笑顔で飛び、バルコニーで手を振る愛娘に拳を振り回した。

「レジス、最高、歴史に名を刻んだわね」

惜しみない称賛を送った時、伝達の魔導具に連絡が入った。砦関係者からの仕事の依頼だ。脳内に始業ベルが鳴り響く。

「ありがとう。早速、ドラゴン印の宅配便、営業再開するわね」

伝達の魔導具で予約してくれたお客様に連絡を入れると、誰もが喜んでくれた。予約の順番で荷物を預かり、届ける。

……で、ディーと予約客数を見直した時、大切なことを思いだした。

帝都のラペイレット邸に空飛ぶ絨毯を届けたい。……届けなければならない。どうして忘れていたのか？

予約してまで待ってくれたお客さんたちのことしか頭になかった。

お父様、お兄様、予約をさばくまでおとなしくしていてね。

心底から祈りつつ、私はディーと一緒に空飛ぶ絨毯のコピーで飛びまくった。チェックも兼ね、あえてコピー。

オリジナルは私の左手首にある。何かあった時のため、ディーの左手首にもコピーの腕輪をはめていた。

「ドラゴンちゃん、待っていたよ」

「お待ちいただき、ありがとうございます」

「メンテナンスは重要だ。わかるよ」

「ご理解いただき、ありがとうございます」

「予約ができるんだったら、八日後の予約もできるかな？」

瓢箪（ひょうたん）から駒（こま）？

予約っていうシステムを理解されたみたい。

「予約を受け付けます。ただ、八日後、大嵐とか飛べない状況でしたら遅れると思います」

「ラペイレットは挙兵しちゃうかな？」

「ラペイレットは挙兵しません。安心してください」

今回、待ってくれたお客様たちは申し合わせたかのように予約を入れてくれた。半年後の予約まで入れられ、困惑したけれども引き受けた。

いい感じ。

塩職人からは契約を持ちかけられた。

「ドラゴンちゃんに惚れた。うちの荷物をすべて任せたい」

差しだされた資料を見る限り、搬送量は多い。令和の宅配便屋ならば喉から手が出るほどほしい得意先だ。

けど、私とディーのふたりではこなせない。どんな理由があれ、仕事に穴をあけることだけはしたくない。けど、断りたくない。

「ありがとうございます。準備が整うまで契約は控えさせていただきます。準備が整うまでお待ちください」

塩職人は笑顔で納得してくれた。

ドラゴン印の宅配便、明るい未来しか見えない。


予約の荷物を届けても届けても終わらない。何せ、届け先で荷物を預かっている。とうとうディーに鬼のような顔で注意された。

「アデライド、休憩しろ」

「お客様のお気持ちを待たせられない」

「お嬢様、倒れてからじゃ遅い」

お嬢様、のイントネーションが刺々しい。

「わかったわ」

ディーがいなかったら社畜根性を発揮して、倒れるまで飛び続けていたかもしれない。

荷物を届けた後、塩職人が絶賛していた食堂に入った。簡素な木のテーブルや椅子はガタついているし、白いテーブルクロスに染みがついているけれど気にならない。料理によってサレ産の塩を使いわけているらしいけど、塩クレープのグラタンもかりんのサラダも美味しすぎて飛ぶ。焼き立ての塩バターパンなんて、食べた途端、口の中に塩とじゅわじゅわバターが広まって最高。

「美味しい。おすすめのわけがわかる」

「お嬢様、庶民の食いものだ」

ディーに素っ気なく言われ、私は目を吊り上げた。

「美味しいは正義。庶民も高貴もないわ」

食後の紅茶の味は褒められないけれど、甘酸っぱい木苺のタルトは美味しかった。塩バターサブレを使ったケーキも食べるか、迷っていると、屈強な大男たちの集団に囲まれてしまう。愛想のいい店主夫人が真っ青な顔で私を見ている。

こんなところで騒動を起こしたくない。

ただ、ディーは平然と紅茶を飲んでいる。

「ドラゴン印の宅配便か？」

ボスらしい大男に声をかけられ、私は咎めるように人差し指でテーブルを叩いた。

「名乗りなさい」

前世の私ならすぐに名乗った。それが侮られる態度だとここで知った。

「俺は運び屋のエリク」

エリクと名乗った大男は運び屋だという。どうも、周囲の男たちも運び屋仲間みたい。

ディーはまったく警戒していない。

「運び屋さん？」

同業者がなんの用？

「ラペイレットのお姫さん、お遊びにしてはタチが悪いぜ。花遊びでもしていてくれ」

エリクは私がラペイレット公女だと知っている。下手なことはできない。

「あなたを花遊びに誘えばよろしいの？」

「俺に花遊びができると思うか？」

「人は見かけによらないもの」

私を単なる公爵令嬢だと思わないで、という意図は届いたのかな？　届かなかったのかもしれないけど、エリクは威嚇するようにテーブルを叩いた。

バンッ、と凄まじい音が響き渡る。

「ラペイレットの姫さん、皇太子に捨てられて自棄になったのはわかるがもうやめてくれ」

エリクに凄まじい剣幕で凄まれ、私の下肢が恐怖で震える。……駄目、お妃教育の賜物で淑女スマイルはキープ。

「婚約破棄したけれど、自棄にはなっていないわ」

「自棄でないならなんだ？」

「お気持ちを運んでいるのよ」

「……お、お気持ち？」

「そう、お気持ちよ。ドラゴン印の宅配便はお気持ちを運んでいるの。お客様の笑顔が最高に嬉しい」

「悪女、綺麗事を抜かすな」

「綺麗事だと思いたいなら思えばいいわ」

私が毅然とした態度で返すと、エリクは髪の毛を掻き毟った。

「ドラゴン印の宅配便に上得意の仕事を奪われた。赤ん坊が生まれるのに参ったぜ」

エリクに溜め息混じりに言われ、私は途切れることなく入る仕事を思いだした。塩職人にしても、それまで使っていた運び屋があったはず。もしかして、エリクを切ってうちを選んでくれたのかな？

「エリク、運び屋の仕事がないの？」

「ドラゴンが飛び回るからな」

エリクが忌々しそうに舌打ちすると、周りの男たちも醜悪に顔を歪めた。人相の悪い男はナイフをちらつかせる。

脅しているのかな？

ディーが噂通りの傭兵なら、何人相手でも平気よね？

ただ、暴力でねじ伏せても根本的な問題は解決しない。

令和の宅配便業界では乗っ取りに継ぐ乗っ取りで事業拡大した業者が強かったけど、火種は燻り続けたから爆発寸前だったはず。

私が掲げるのは共存共栄。

仕事を奪われて荒れているなら悪くない奴。……たぶん。

「奥様と赤ちゃんのため、うちで働かない？」

これもなんらかの天啓？

つい先ほど、塩職人から大口契約を持ちかけられたばかり。エリクたちがいればこなせるだろう。

「……は？」

エリクは目を丸くして前屈み。

「賃金は基本給＋出来高制だけど、大口と契約できそうだから、そんなに低くはないと思うわ」

高給を口にして出せなかったら信頼関係が築けない。それでも、できるだけの手当ては出したい。けど、赤字経営にはしたくない。

「正気か？」

「目の前で堂々と文句を言う人、あなたみたいな人は嫌いじゃないの」

断罪イベント経験後、ナイフより貴婦人が持つ扇のほうが怖い。優雅な微笑の裏に秘められた悪意が恐ろし過ぎる。

「お嬢さん？　ラペイレットの姫さんだろう？」

「目の前で優しく微笑んでいるのに、陰で罠を張り巡らせる人に疲れたの」

てんこ盛りになっていた鬱憤を吐露（とろ）すると、エリクは納得したように頷いた。

「……あ、あぁ……そういうことか……」

「その様子なら飛行の魔導具について知っているわね？」

「あぁ、俺たちはゲートが故障したら遠方でも馬車を飛ばすしかない。すごいな」

「ドラゴン印の宅配便は名の通り、ドラゴンのように飛ぶわ。コピーができたから、エリクにも飛んでもらう。どう？」

「ラペイレットのお姫さん、俺は下賤(げせん)の民だ。飛行の魔導具を奪って逃げると思わないのか？」

エリクは下品な笑みを浮かべたけど、私にはなんの危機感も湧かなかった。そんな下心があったら口にしないよね？

「私がラペイレットの悪女だと知っているなら、そんな愚かな真似はしないはずよ」

「噂と違うな」

「どんな噂を聞いたのか知らないけど、奥様と赤ちゃんを養うため、うちで働きなさい。稼がせてあげるわよ」

私が手を差し出すと、エリクはおろおろしたけれど、躊躇(ためら)いがちに握り返してくれた。周りの大男たちにも。

ドラゴン印の宅配便、人員確保しました。

最初は戸惑っていたけれど、少しレクチャーしたら、エリクたちはすぐに空飛ぶ絨毯を乗りこなした。

優秀だよ。

グッジョブ、私。

おかげで一気に大量の荷物を運ぶことができる。

「ドラゴン印の宅配便、お気持ちを運ぶために出発」

先頭は私とディーが乗った空飛ぶ絨毯で、エリクたちが続いた。

「落ちたら死ぬな」

「エリク、怖い？」

「飲み歩いた後の嫁さんに比べたらなんでもねぇ」

「エリク、いいお嫁さんをもらったわね」

空には五枚の空飛ぶ絨毯。

「……あ、あれはなんだ？」

「……な、なんか飛んでいる？」

「……絨毯？　絨毯が五枚、飛んでいる？」

眼下の人たちはびっくりして腰を抜かしている。届け先も私が従えている頑強なスタッフとコピーされた空飛ぶ絨毯に驚いている。……うん、映像の魔導具で撮影しようとしている人もいる。こういうところ異世界も同じ？

早速、塩職人と大口契約を結びました。高名なガラス工房とも評判の仕立屋とも契約を結びました。

明るい未来が広がる。

……いや、肝心なことを忘れていた。

お父様とお兄様に渡す空飛ぶ絨毯がない。今の仕事量で空飛ぶ絨毯が減ったらこなせない。レジスにコピーの追加を頼んだ。

「アデライド、ラペイレットが大切ならやめておけ」

コピー追加は承諾してくれても、ラペイレットに渡すことは反対された。レジスの懸念がわからない。

「どうして？　抑止力よ」

「表向き、勘当されたことになっている。だから、メグレ侯爵もラペイレットを訴えることができなかった」

レジスに神妙な顔つきで指摘され、今さらながらに自分の不安定な立場を思いだした。

「……あ」

「抑止力なら、アデライド自身、力をつけろ」

「ドラゴン印の宅配便の事業拡大？」

「そうだ。皇室が無視できないくらいの力を持つかしない」

確かに、私自身、大きな力を持つことが一番手っ取り早い。お金にしろ、土地にしろ、人にしろ、抑止力だ。

「どっちにしろ、コピーが必要だわ」

「わかっている」

天才魔導具師は研究室に閉じこもり、空飛ぶ絨毯のコピー追加を完成させてくれた。力尽きたように寝込んでいる。

悪役令嬢、心置きなく力をつけます。

# 11　悪役令嬢、皇宮に連行されました。

ゲート修復間近。

皇宮や帝都、主要都市のゲートは使えるようになった。

続々と帝都に皇太子派の騎士団が集まり、ラペイレットに対して包囲網を敷いているという。

悪役一家、後手に回った？

ラペイレット挙兵の噂と並んでホットな話題は、虹色の絨毯で空を飛び、荷物を運ぶドラゴン印の宅配便。

「ドラゴン印の宅配便は事故の心配も持ち逃げの心配もない。安心して荷物を預けられる」

「あぁ、料金も運び屋と同じだ。うちもドラゴン印には助かった」

「ドラゴン印の代表が綺麗な女の子なんだ。びっくりしたよ。まぁ、明るくて優しい子なんだ」

あっという間に評判になり、ドラゴン印の宅配便は休む間もなく飛び回っている。嬉しい誤算はエリクたちがとっても真面目で働き者だったこと。

「アデライド、俺たちに回せ」

お客様も躊躇うような危険地域に荷物を運ぶ仕事も珍しくない。

「エリク、危険なところだけどいい？」

「お姫さん、危険な場所に俺たちが行かなくてどうするんだ。高い賃金もらっているんだからちゃんと働かせろよ」

私がいなくてもエリクがいれば、ドラゴン印の宅配便は回る。元傭兵だって聞いたけれど、めちゃくちゃ強いし、超優秀。

基本給のほか、傷病手当や通勤手当、扶養家族手当もつけたら感激された。福利厚生っていうか、今までそういった概念がなかったからセンセーショナル？　運輸ギルドでも運び屋の中でも評判になって、スタッフ志望が急増中。

「エリク、仕事は増えているから、目抜き通りに支店を出して、新規スタッフを雇ってもいいと思っているの」

ドラゴン印の宅配便を使いたくても、伝達の魔導具を持っていない庶民がいる。本拠地があるギルマン男爵邸の離れは敷居が高い。城下町の中心に支店を出せば、多くのお客様のニーズに答えられる。足の悪いお母さんが出稼ぎ中の息子のために編んだセーターなんて、私が直に届けたい。母の真心を届けてこそ、ドラゴン印の宅配便。

「そうだな。口コミで大口契約が増えている。このままじゃ、いずれ、さばけなくなるだろう」

　大量搬送をひっきりなしに依頼されるのは想定外。

「私、自慢じゃないけれど、人を見る目がないの。面接はするけど、エリクが選んで指導して」

　今現在、エリクの仲間に文句はない。前科八犯の凶悪犯より人相の悪いスタッフも真面目で優秀なの。人って見かけによらない、って感心したらエリクたちに爆笑された。人のことが言えるか、って。

「面接は俺がする。アデライドは顔を出さないでくれ」

「どうして?」

「運び屋は気が荒い奴が多い。元犯罪者もいる。面接で落とされたら逆恨みして、アデライドを狙う奴がいると思う」

　運び屋が元依頼主を襲撃した話は幾度となく聞いた。巷を騒がせた強盗が運び屋だったこともある。

「覚悟しているわ」

　面接のバイトで落ち続け、へこんだ日々が蘇(よみがえ)る。逆恨みをする気力も出なかった。雇ってくれた宅配便に感謝。

「お姫さん、俺たちみたいなクズは仕事中に怪我しても金は出なかったのに、今は手厚く保護してくれている。これぐらいさせてくれ」

エリクに切々(せつせつ)とした調子で言われて、胸に突き刺さった。

「エリク、いい奴」

「お姫さんこそ、どこが悪女だ？　傭兵時代から、こんなに俺たちのことを考えてくれる奴はいなかった」

「一方的に搾取してもいつか自滅するわ。私は自分のため、いい関係を築きたいの」

「それ、お貴族様の考えじゃない。悪女の汚名を着たわけがわかるぜ」

エリクの力強いサポートを受け、私はサレ伯爵領の城下町に支店を置いた。もっと言えば、仕事の拠点をギルマン男爵邸の離れから支店に移した。何せ、ギルマン男爵邸の離れに人相の悪いスタッフが出入りするとマリアンヌや侍女たちが怯える。……ま、いい奴らなんだけどね。

ただ、私やディーはそのまま男爵邸の離れで暮らしている。大切な魔導具や資料も保管していた。

「エリク、任せたわよ」

「あぁ、帝国中にドラゴン印の宅配便の名を広めてやる」

支店長のエリクの下、新しいスタッフを雇い入れ、新規の契約も結び、破竹(はちく)の勢いで業績を伸ばす。

正直、こんなに短時間でうまくいくと思わなかった。空飛ぶ絨毯のコピーも増え、いつしか、オリジナルを含め三〇。

レジスは高位貴族から空飛ぶ絨毯をオーダーされているけれど、すべて断っていた。私も魔導具として売りだす気はない。

「お姫さん、帝都行きの荷物は俺たちが運ぶ。帝都には行くな」

「エリク、わかっているわよ」

「本当にわかっているんだな？　ドラゴン印の宅配便のトップが誰か、知れ渡っているぜ」

私はウイッグも被っていないし、ローブも身に着けていない。隠すのは無理だから、聞かれたらあっさり認めている。

「私にかけられた賞金はそのままよね？」

「サレ伯爵とオヴェール伯爵が交渉して、メグレ侯爵に退かせた」

ラペイレットを敵視していた中央貴族が助けてくれるから不思議。

「サレ伯爵とオヴェール伯爵にお礼をしなきゃ」

「これがサレ伯爵とオヴェール伯爵にとっての礼だ。ふたりとも義理堅いからな」

ドラゴン印の宅配便の代表が皇太子の元婚約者だという噂も広まった。私への呼び名が『ドラゴンちゃん』から『ラペイレット公女様』に変わるから悲しい。呼ばれるたび、訂正しているけれど。

「アデライド、帝都の薬問屋が大口契約を結びたがっている。どうする？」

初めて会った時、ナイフをちらつかせた男も今では優秀なスタッフ。

「断る理由はないわ」

「俺に任せてくれ。アデライドは帝都には近寄るな」

スタッフだけでなくレジスや執事たち、判で押したように口にすることは同じ。『帝都には近づくな』と。

お父様やお兄様には伝達の魔導具で挙兵を止めている。私がドラゴン印の宅配便で力をつける戦法を理解してくれた。……とは思えないけれど、デルフィーヌ嬢暗殺疑惑の濡れ衣が晴れそうだとか？　その手がかりを掴んで、すんでのところで挙兵を思い留まったみたい。

私も身に覚えのない暗殺疑惑は晴らしたかった。ギルマン男爵邸のリビングルームで杏の香りがする紅茶を飲んでいてもイライラ。

「レジス、嘘発見器を発明して」

天才魔導具師は私のリクエストの意味がわかるみたい。

「悪女、例の毒殺疑惑か？」

「そうよ。思いだしても腸が煮えくり返るの」

「嘘発見器なんて思いもつかなかった。すごいな」

天才魔導具師に妙な感心をされた時、耳障りな騒音が聞こえてきた。スタッフが誰かと激しく言い合っている。

バンッ、と凄まじい勢いで扉が開き、皇宮騎士団が団体で突入してきた。

「ラペイレット公女、皇太子殿下のお召しだ。ご同行願う」

ドラゴン印の宅配便の噂はエヴラール殿下の耳にも届いているはず。私をラペイレットに対する人質にしたいの？

「私はラペイレットを勘当されました。公女ではございません」

私の言葉を顔見知りの皇宮騎士はスルー。

「皇太子殿下に逆らうことは謀反に等しい。ご同行されよ」

ガバッ、と左右の腕をふたりの騎士に掴まれ、立たされる。背後の騎士や扉付近の騎士は剣を抜いた。

「無礼者、何をするのっ」

まるで罪人の扱い。私は罪人になっているの？　これ、連行されたら詰む。私は防犯の魔導具で抵抗しようとした。

刹那、レジスは皇宮騎士たちを叱責した。そうして、私に宥めるように言った。

「アデライド、私も付き添う。ここで拒んでもこじれるだけだ」

「レジス、私をエスコートする名誉を与えるわ」

私は左右の皇宮騎士を振り切り、レジスに手を差しだす。

「……お、悪女らしいな」

「ディー、ついてきてね……え？　ディーは？」

振り返ったけれど、いつも影のようにそばにいるクールな用心棒がいない。つい先ほどまで、隣にいたのに。

「あいつ、銀の悪女があまりにもつれないから拗ねたのかな」

「何を言っているのよ」

ディー、風のように消えた？

「ドレスに着替えろ」

「私はドラゴン印の宅配便のアデライドよ。このままで行くわ」

私はブーツの音をわざと響かせ、皇宮騎士たちに続いた。マリアンヌが泣きそうな顔でキスしてくれたから心が落ち着く。

バタバタバタッ、とけたたましい靴音とともにエリクたちが走ってきた。騒動を聞いて、空飛ぶ絨毯で飛んできてくれたみたい。

皇宮騎士団に罪人のように連行される私を見て、エリクたちの顔は強張った。血の気の多いスタッフは今にもナイフを構えそうな勢い。

「エリク、私は恥ずべきことは何もしていない。安心してちょうだい」

どんな理由であれ、皇宮騎士団相手に平民が殴りかかったらアウト。

「アデライド、運び屋仲間や傭兵に声をかけて殴りこんでやる。待っていろ」

殴りこみっていったいどこに殴りこむ気？

酒場のケンカじゃないのよ。

「……そ、そうじゃない。私がいない間、ドラゴン印の宅配便の責任者はエリクよ。通常通り、お客様のお気持ちを届けて」

「わかった。仕事は任せろ」

「私がいない間、お客様を泣かせたり、業績を傾けさせたりしたら許さない」

必ず、戻ってくるからね。

悪役令嬢、敵陣地に乗りこみます。

サレのゲートを使ってほんの一瞬で皇宮に到着。

婚約破棄を言い渡された大広間で、私はエヴラール殿下と再会した。隣には以前より豪華なドレスに身を包んだデルフィーヌ嬢がいる。三代前の皇后が愛用したダイヤモンドが胸元で光り輝いていた。

手入れしていないから、私の手は荒れているし、頬にソバカスができたし、髪の毛もパサパサだけど、気にしない。私にとっては勲章。

「アデライド、久しいの。挨拶の仕方も忘れたか？」

エヴラール殿下に尊大な態度で見下ろされ、私は淑女の仮面をかなぐり捨てた。平民アピール必須。

「殿下、私はラペイレットを勘当され、苗字を持たない平民になりました。いったいなんの御用でしょう？」

「アデライド、男装して飛び回っていると聞いたが、本当だったのか」

エヴラール殿下は豪勢な宮廷服姿で私のブーツスタイルを凝視した。仕立て屋に特注で仕立ててもらった乗馬服に近いタイプ。

自分で言うのもなんだけど、アデライドのスラリとしたルックスに映える。ル・シャンティの塩スイーツでちょっと横に成長したけど、胸も膨らんだからギリセーフ。

「さようでございます。私はドラゴン印の宅配便のアデライドです」

「アデライド商会、ドラゴン印の宅配便は外国の大使の間でも噂になっている」

エヴラール殿下が不快そうに言うと、宰相や側近たちは苦虫を噛み潰したような表情を浮かべた。目論見通り、無視できない勢力になったのだろう。

「おかげさまで商売は順調です」

貴族は商売を嫌うから、あえて口にした。

「運び屋ギルドの代表になると聞いた」

驀進中のドラゴン印の宅配便に感服したのか、脅威を感じたのか、定かではないけれど、代表に推されて驚いた。私が登録したのは商売ギルドなのに。

「そのようなお話もありましたが、辞退しました」

「そなたが稼いだ金目当てであろう。女に代表は務まらぬ」

女性蔑視はエヴラール殿下だけじゃないけれどムカつく。言い返したら煩いから、伏し目がちにスルー。

「わしの妻になればそんな苦労はせずにすんだのにどこまでも愚か」

メグレ侯爵が憎々しげに言った後、デルフィーヌ嬢が目を潤ませて口を挟んだ。

「アデライド様、エヴラール殿下を愛しているからメグレ侯爵との婚姻を拒み、平民に身を落としたのですね。おいたわしい」

まだエヴラール殿下を好きだと思っているの？

いい加減にして。

……あぁ、エヴラール殿下の愛を勝ち取った自分を誇りたいのか。

私が胸中で文句を零すと、エヴラール殿下は冷厳(れいげん)な顔で言い放った。

「アデライドの涙ぐましい努力は聞いた。心を入れ変え、精進したのであろう。許す。その努力に免じて側妃として迎え入れる」

……へ？

側妃にする気もない、って公言したのは誰？

……あぁ、そういうことか。

アデライド商会の勢力が強くなったからスルーできないし、潰すこともできない。エヴラール殿下は空飛ぶ絨毯もアデライド商会も欲しいんだ。

私を側妃という人質にしたら、ラペイレットも牽制できる。

「ご辞退申し上げます」

私が真剣な顔で拒否すると、エヴラール殿下は不愉快そうに眉を顰めた。

「皇太子妃の座が望みか」

「皇室入りは望みません」

「誤魔化そうとしても無駄」

気を引きたいのであろう、とエヴラール殿下は独り言のように続けた。同意するようにデルフィーヌ嬢たちも相槌を打つ。

「本心でございます。新しい人生を進んでいます。皇室入りは迷惑です」

私が声高に言い切った途端、宰相の叱責が飛んだ。

「アデライド嬢、口が過ぎる。不敬罪に問われますぞ」

「相変わらず、なんと傲慢な」

「エヴラール殿下の気を引きたいだけだろう。いつものポーズだ。浅ましい」

側近たちが口々に私を罵った後、デルフィーヌ嬢は頬を伝う涙も拭いもせずに言った。

「アデライド様、そんな見え透いた嘘はおやめください。エヴラール殿下の愛が欲しくて、レジス様を調略したことはお聞きしました」

……へ？

……今、可憐なヒロインはなんて言った？

私が天才魔導具師を調略した？

すごい。

いつ、私はそんなことをしたの？

私が口をぽかんと開けて固まっていると、レジスは悠然(ゆうぜん)と前に出た。

「デルフィーヌ嬢、ご指名、ありがとうございます」

天才魔導具師の皮肉にも、可憐なヒロインは態度を崩さない。エヴラール殿下の腕にすがりつつ、涙をはらはらと流した。

「……あぁ、レジス様、アデライド様に脅されているのですね。ラペイレットの恐ろしさはよく知っています。エヴラール殿下も理解されていますので安心なさってください」

「……では、ここでよろしいですかな？」

レジスはデルフィーヌ嬢からエヴラール殿下に許可を取るように尋ねた。

「レジス、如何した？」

「アデライド嬢によるデルフィーヌ嬢毒殺未遂の件、申し上げたいことがございます」

「申せ」

「証人をこれへ」

レジスの合図でサレ伯爵とオヴェール伯爵とともにナゼールや砦の責任者が現れた。修道院長とサビーヌもいる。ほかに見覚えのない人がひとりふたり……八人も？

びっくりしたのは私だけじゃない。

「アデライド嬢がサビーヌを使って、デルフィーヌ嬢を毒殺したとは思えません。調査したところ、デルフィーヌ嬢とサビーヌによる罠」

レジスの言葉を遮るように、デルフィーヌ嬢が涙声を張り上げた。

「……あぁ、アデライド様とラペイレット公爵家に脅迫されているのですね。すべてわかっていますから安心してください」

「デルフィーヌ嬢、私の名誉にかけ、そのような事実がないことを明言します。憶測でものを言わないでほしい。お妃教育を受けていないのですか？」

　レジスの叱責にさすがのデルフィーヌ嬢も喉を引き攣らせた。けれど、宰相がのっそりと前に出た。

「各国の吟遊詩人に謳われた天才魔導具師がアデライド嬢に賄賂でももらったか？」

「アデライド嬢に一人娘を救ってもらいました。魔導具師として導いてもいただきました。新しい未来を見せてくれた」

　レジスが感情たっぷりに言うと、サレ伯爵が胸に手を当てて続いた。

「サレを預かる領主として、アデライド嬢に感謝する。領民の命を救ってもらいました。彼女がいなければ、村一つ、崩壊していたでしょう」

　サレ伯爵の背後には砦の責任者や薬師、空飛ぶ絨毯で抱えて飛んだ子供まで揃っている。全員、私を見つめて目をうるうる。

　……うん、デルフィーヌ嬢と違って心に刺さるうるうる。

「オヴェール牢獄を預かるオヴェール領主として、アデライド嬢に敬意を捧げる。正義を守らせていただきました」

　オヴェール伯爵夫妻の背後には、妹を守るために騎士団長を殺めたナゼールがいた。妹らしき美女が泣きながら跪いている。オヴェール牢獄のトップや看守もいた。

「ラペイレットと敵対していたサレ伯爵とオヴェール伯爵が揃ってアデライドの肩を持つ

のか？」

エヴラール殿下が驚いたように目を瞠ると、宰相は肩を竦めながら言った。

「何かメリットがあるのでしょう」

「アデライド商会は飛ぶ鳥を落とす勢い。無視できないのでしょう」

「今、アデライド商会に睨まれたら運送できないそうです。いったいどんな裏の手を使ったのか……まったく、悪女は始末が悪い」

側近たちの悪意に満ちた言葉の後、サレ伯爵の隣にいた修道院長が私の前に出た。十字を切った後、手を合わせてお祈りのポーズ。

「アデライド様、あなたのためにお祈りさせてください。私の甥がお世話になりました」

「修道院長様の甥御様？」

「私です」

振り返れば、サレ伯爵領内、砦の責任者がいた。

「……あ、あの、酔っぱらって倉庫の鍵を紛失した砦の責任者？」

気づいたら倉庫の鍵をなくしていたうっかりさん？

私がサレ伯爵の依頼で砦まで飛んだ原因？

こんなに高潔そうな修道院長の甥だったの？

「アデライド様、禁酒の誓いは破っていません」

「嘘、禁酒を守っているの？」

とっくの昔に破られていると思っていた。

「はい」

「偉い。立派よ。けど、素面（しらふ）で鍵をなくしたらシャレにならないからね」

「それ、伯母上にも言われました」

　てへっ、と砦の責任者が頭を掻いた後、砦の薬師が真剣な顔で発言した。

「アデライド様は泥まみれになりながら民のため、食料や水を届けてくれました。病人やけが人を抱えて飛び、希少価値の高いポーションも分け与えてくれました。悪女ではなく救世主です」

「悪女に非（あら）ず、聖女に見えました。毒を盛るような令嬢に思えませんでした」

「アデライド様の噂は真っ赤な嘘だと思います。もう一度毒殺事件について調査してほしい。そう願いましたら、サレ伯爵もオヴェール伯爵も同意されました」

　砦関係者が競うように口を開く。

……うわ、庇ってくれる。

これ、ラペイレットじゃなくて、私が自分で培った信用？

……あ、駄目、涙腺崩壊。

「アデライド、悪女らしくもない。泣くな」

レジスに茶化すように言われたけど、一度崩壊した涙腺は元に戻らない。

「アデライドは私の気を引くため、なんでもした」

エヴラール殿下が馬鹿にしたように言うと、デルフィーヌ嬢が嗚咽しながら続いた。

「アデライド様もお可哀相な方なのです。エヴラール殿下の愛を失い、心が壊れてしまったのでしょう」

「……では、今から毒殺を証言したサビーヌに真実を吐かせる……真実を語らせます」

レジスが腹立たしそうに言うと、修道院長が十字架を手に一歩出た。

「サビーヌは私の修道院でお預かりしています。先日、サレ伯爵と甥から話を聞き、サビーヌに尋ねました。サビーヌは何度も命を狙われ、後悔したようです」

修道院長に背中を押され、サビーヌが前に出た。

「……わ、私の罪を告白します。私はデルフィーヌ様に命令され、嘘の証言をしました。アデライド様は無実です」

サビーヌの衝撃の告白に私の心が震える。

エヴラール殿下は形のいい眉を顰め、デルフィーヌ嬢は泣きながら声を上げた。

「サビーヌ嬢、お可哀相にラペイレットに脅迫されたのね。どうか、サビーヌ嬢を助けてあげてください」

「デルフィーヌ嬢、黙っていろ」

　レジスがデルフィーヌ嬢を一喝すると、エヴラール殿下は厳粛な顔で尋ねた。

「レジス、どういうことだ？」

「サビーヌはデルフィーヌ嬢に命令されてアデライドを罠に落した。借金があって、拒めなかったそうです」

　サビーヌの出身家門が運び屋の被害に遭って、大きな損害を出したのは聞いた。質の悪い運び屋と組んだ商人に最初から狙われていたのだろう。

「証拠は？」

「サビーヌは映像の魔導具を隠し持ち、デルフィーヌ嬢とのやりとりを保管していました。さすが、裏切りが多発する激戦地の侍女です」

　レジスが映像の魔導具を取りだし、壁の大きな鏡に反射させた。皇宮の回廊でサビーヌとデルフィーヌ嬢が小声で話し合っている。

『サビーヌ嬢、決心してくれました？　悪い話ではないでしょう。お父様が背負った借金は返済できますし、お兄様はエヴラール殿下の側近に取り立てられます』

『デルフィーヌ様、私はアデライド様とラペイレット公爵閣下が恐ろしいです』

『必ず、お守りします。ほとぼりが覚めるまで、修道院にいてください。修道女になる必要はないわ。戒律の緩い修道院だから結婚もできます』

『わざわざアデライド様を罠にはめなくても、エヴラール殿下はデルフィーヌ様をお選びになるのではないですか？』

『皇宮はそんなに甘いところではなくってよ』

デルフィーヌ嬢が暗鬱な目で言った後、映像は途切れた。

驚いて固まっているのは私だけじゃない。デルフィーヌ嬢やエヴラール殿下は悪い夢でも見ているような顔で呆然自失。

「修道院にいるサビーヌに殺し屋が送りこまれました。五人は自決、ひとり生け捕りにしています」

レジスが指を鳴らすと、サレ騎士団の騎士たちが修道僧に化けた男を連れて現れた。魔導具で拘束されている。

「俺は金をもらって、サビーヌを殺すように言われました」

修道僧に化けた男が告白すると、レジスは注意するように手を振った。

「誰の命令だ？」

「デルフィーヌ様です。俺はデルフィーヌ様の乳母の息子です」

衝撃の告白を聞き、正気に戻ったのは私以外もいた。エヴラール殿下の目も見開き、挙式を控えた婚約者を見つめる。

「……う、嘘です。アデライド様に脅されていますのよ。エヴラール殿下の愛を取り戻すためでも惨いです」

デルフィーヌ嬢はここぞとばかり、ヒロインオーラを漲らせた。いつもより三割増しの可憐さだけど、今回ばかりは通じない。

「デルフィーヌ嬢、証拠と証人が揃っている。ここまでだ」

レジスが叩きつけるように言うと、オヴェール伯爵はエヴラール殿下に進言した。

「エヴラール殿下、アデライド嬢の無実は証明されましたな。皇帝代理としてしかるべき処置が必要です」

アデライド嬢の名誉回復、とオヴェール伯爵は言外に匂わせている。レジスやサレ伯爵、些関係者たちにしてもそうだ。

風向きが変わった。

ラペイレット絶滅の危機、回避成功？

「デルフィーヌ、下がれ」

エヴラール殿下はしがみつこうとするデルフィーヌ嬢を避けた。側近たちが青い顔で引き離そうとする。

「エヴラール殿下、罪人・デルフィーヌをメグレ侯爵に再教育させたらいかがですか？」

突然、オヴェール伯爵は宰相の隣で顔を歪めていたメグレ侯爵を指した。

「なんと？」

「あの日、エヴラール殿下は元婚約者をメグレ侯爵に任せました。デルフィーヌもメグレ侯爵に託すべきではないですか？」

オヴェール伯爵が口にした婚約破棄の場は、私が魔力の鎖でぐるぐる巻きにされた屈辱の場。

「デルフィーヌをメグレ侯爵に嫁がせるのか？」

予想だにしていなかったらしく、エヴラール殿下の目に影が混じる。デルフィーヌ嬢は死刑宣告を受けたような顔。

「罪人は皇太子妃どころか側妃にもできませぬ。それでも、デルフィーヌ嬢を側妃にする気ですか？」

「ない」

エヴラール殿下が容赦なく切り捨てた瞬間、デルフィーヌ嬢は細い悲鳴を上げた。

「エヴラール殿下、何かの間違いです。私はただただ殿下を愛しているだけでございます」

「デルフィーヌ、見苦しい」

断罪イベントで私に向けた視線より冷たい視線がデルフィーヌ嬢に。

「……エヴラール殿下？　誤解しないでください。これは何かの間違いです。アデライド様を怒らせ、私はラペイレットの罠に落ちました」

「デルフィーヌ、私はそなたを見誤っていたようだ」

エヴラール殿下は手を上げると、黄金の鎖でデルフィーヌ嬢を拘束した。そうして、メグレ侯爵の前に放り投げた。

「……さ、宰相様……わ、私は宰相様の仰せのままにしただけですーっ」

デルフィーヌ嬢は泣きながら宰相に救いを求めた。

黒幕発覚。

やっぱりデルフィーヌ嬢は宰相に操られていたんだ。

もっとも、老獪な宰相は尻尾を出さない。

「デルフィーヌ嬢、いやはや、困りましたな。そんな大嘘をつかれるとは……弟の躾が必要ですな」

ふぅ〜っ、と宰相はわざとらしい溜め息をつき、異母弟の肩を叩いた。

「エヴラール殿下のため、ソワイエのため、わしがデルフィーヌの躾をします。お任せくだされ」

メグレ侯爵は荒い鼻息でデルフィーヌ嬢を抱き寄せた。

「……い、いやーっ」

野獣の断末魔のような悲鳴が響き渡る。可憐なヒロインは般若の如き形相でメグレ侯爵から逃げようとした。

けれど、ジジイ侯爵は逃がさない。

「デルフィーヌ、傷物の分際で逆らうのか」

「エヴラール殿下、愛しています。殿下を愛しただけでございます。私をこんな汚きものに触れさせないでください」

汚きもの、と可憐な令嬢に呼ばれてメグレ侯爵は憤慨した。

「デルフィーヌ、わしを誰だと思っている。わしがおらねば姪は皇后になれず、兄は宰相になれなかったぞ」

ここでそれを言う？

ブチ切れたジジイ侯爵の言葉を聞き、私は勢いこんだ。

「メグレ侯爵が姪を皇后に、兄を宰相にしたような物言いですね。皇后陛下と宰相のお咎めを受けるのではなくて？」

私が煽るように言うと、メグレ侯爵は憎々しげに言い放った。

「わしが姪を皇后にしてやったんじゃ。エヴラールもわしが皇太子にしてやった」

原作、メグレ侯爵は汚れ仕事を一手に引き受けたのに、政治の中枢に立てない自分の立場に不満を抱いていた。宰相や皇后にも不満が溜まっていたのだ。

「どうやって？」

「邪魔者を消してやったんじゃ」

言質、取った。

今だ。

「前皇后陛下と前皇太子殿下の暗殺の自白ですわ。私はセドリック殿下の婚約者でした。メグレ侯爵の罪を追求します」

私には前皇太子殿下の元婚約者として再調査を求める権利がある。エヴラール殿下の前に進み、メグレ侯爵や宰相を弾劾するように指で差した。

なのに、逆風。

「ラペイレット公女、ご乱心、連れていけーっ」

宰相は手を上げ、皇宮騎士に命じた。エヴラール殿下も止めず、私は皇宮騎士たちに拘束される。

「アデライド、この馬鹿、やりすぎだーっ」

「アデライド嬢、毒殺疑惑が晴れたところで引けばいいのに……」

レジスやサレ伯爵たちがこの世の終わりのように頭を抱える。オヴェール伯爵が宰相に詰め寄るけれど、相手にしてもらえない。

あっという間に私は皇太子宮の一室に監禁された。

これ、原作補正？

地下牢じゃないだけマシ？

悪役令嬢、やりすぎた？

## 12　悪役令嬢、皇太子妃は辞退します。

薔薇や香油が浮かんだお風呂は久しぶり。

皇室御用達の仕立屋が仕立てたドレスなどの衣類が持ちこまれ、目もくらむような宝石も並べられ、私は久しぶりに淑女らしい姿になった。メイドたちは断罪イベント前よりずっと敬ってくれる。……ん、怯えられている感じ？　……いや、そうでもない？

「田舎に住む祖母がドラゴン印の宅配便に助けられたんです。薬を届けてもらえなければ祖母は旅立っていました。感謝しています」

「私の田舎の母もドラゴン印の宅配便にお世話になったんです。アデライド様にお仕えできて嬉しく思います。なんでもお申しつけください」

こんなところで宅配便の話？

感謝してくれるなら嬉しい。

猫足のテーブルには三段プレートで繊細なスイーツが用意される。カップにはマシュマロが浮かんだホットショコラ。

囚人の扱いではないけれど、伝達や通信の魔導具はオーダーしても与えられず、部屋の外にも出ることが許されない。

……これ、幽閉？　監禁？

何がどうなっているのかわからないまま、ラベンダーのマカロンを摘まむ。この上品な味、懐かしく思うのは気のせい？

これからどうしよう？

お父様やお兄様の耳にも、私が監禁されたことは届いているはず。

なんとかして連絡を取れないか、思案に暮れていたら、先触れもなく、エヴラール殿下が現れた。

「アデライド、落ち着いたか？」

まるで何もなかったかのような態度。

「エヴラール殿下、ご無体がすぎます」

「そなたにチャンスを与える。我の婚約者として務めるがよい」

一方的に婚約破棄して、また一方的に復縁？

「謹んでご辞退申し上げます」

「そなたを正妃にすると決めた。気を引く必要はない」

エヴラール殿下、今でも私に愛されている自信があるの？　いったいどこからそんな自信が出てくるのかな？

「アデライド商会の代表として、ソワイエに尽くしたい所存。どうかご理解くださいませ」

運び屋ギルドの代表は断った。けれど、運び屋ギルドにメスを入れたい気持ちはある。国のためにも、民のためにも、運び屋の改革は必要。

「誰かに任せればよい」

「アデライド商会に私の心血を注ぎました。誰であっても任せられません」

追い風が吹いている今こそ、引き締めなければならない。何せ、運び屋が関係する詐欺事件が多すぎる。いつ、うちも巻きこまれるかもわからない。

「私が預かる。飛行の魔導具を見せよ」

やっぱり、それか。

エヴラール殿下が空飛ぶ絨毯を欲しがっていることは火を見るより明らか。見せた途端、取り上げられるだろう。

「皇太子殿下が私の商会に関わってはいけません。どうかお立場をご考慮ください」

「挙式は予定通り、執り行う」

デルフィーヌ嬢との結婚式、私とそのまま決行する気だ。

「婚約破棄され、もう二度と皇室に関わることはないと覚悟し、腹を据えて庶民の間で暮らしました。もう無理でございます」

「再教育を受けよ」

「お断りします」

　私が断固として拒絶すると、エヴラール殿下は動揺した。

「逆らうのか？」

「エヴラール殿下は私の言葉はいっさい信じず、デルフィーヌ嬢の密告を鵜呑みにし、一方的に婚約破棄して、メグレ侯爵に嫁がされそうになりました。逃げなければ今頃、私はメグレ侯爵に監禁されていました」

　今まで自分が私に何をしたのか、思いだしたら態度も変わるだろう。……と、考えた私はやっぱり甘い。傲岸不遜な殿下の心には何も響かなかったようだ。

「私の心を繋ぎ留められなかったそなたの罪」

　こいつ、殴りたい。

「デルフィーヌ嬢に騙され、なんの罪もない私を断罪された殿下の罪はどうなります？」

「いくら我に捨てられた心理的瑕疵が大きいとはいえ口が過ぎる」

「もう貴族言葉も忘れました。この通り、無理でございます。ドラゴンちゃん、って呼んでください」

　ここで宴会芸でも披露すればいいのかな？

「ラペイレットの謀反と考えてよいか？」

エヴラール殿下は威嚇するように目を細めた。結局、それ？　どんなに原作をへし折ってもラペイレット謀反？

……いや、エヴラール殿下も馬鹿じゃない。馬鹿じゃないから、デルフィーヌ嬢を切り捨てたんだ。ラペイレットやブランシャールに加え、空飛ぶ絨毯軍団まで敵に回すとは思えない。

「エヴラール殿下、そんなにソワイエ朝を終わらせたいのですか？」

脅しじゃない。

ラペイレットを守るためならなんでもやる……あ、なんでもやるじゃない、皇太子妃になるのはいや。

「そなたを罠に落したデルフィーヌはメグレ侯爵邸に入った。そなたは望み通り、我の正妃になる。これでよいな」

「よくありません」

「挙式の準備、整えるように」

……こいつ、駄目だ。

切り口を変えよう。

「エヴラール殿下、結婚となれば父や兄とも相談しなければなりません。呼んでくださ い」

教会、新郎のもとまで新婦をエスコートするのは父親の役目だ。前夜祭も一〇日続く披露宴や茶会も実家の援助なしにはありえない。

「無用」

エヴラール殿下には取り付く島もない。

「私をラペイレット公女として扱うならば、ラペイレットへの礼を払ってほしい。エヴラール殿下の後ろ盾となるのですから」

「挙式当日で構わぬ」

「挙式当日では遅すぎます。私、罪人のお直しのドレスや宝石を身につけたくありません。罪人が使った部屋もお断りします」

罪人が誰を指しているのか、説明しなくても通じるだろう。これは精一杯の嫌み。

「贅沢は慎んでもらおう」

「皇后陛下を拝見する限り、贅沢とは思いません」

「アデライド、我を困らせて楽しいのか」

「その言葉、そっくりお返しします」

「そなたを大切にしたいから逆らうな」

何かが根本的に違う。帝王とはそういうものかもしれないけれど、話がまったく通じない。原作のヒーローと性格があまりにも違い過ぎる。

「デルフィーヌ嬢を呼んだらいかがですか？」

こいつに付き合えるのはデルフィーヌ嬢ぐらい？　野心がある女なら付き合えるのかな？

「妬くな。罪人に興味はない」

ポーズではなく、本心からデルフィーヌ嬢への想いが消えた？　デルフィーヌ嬢に会う前の皇子に戻ったような感じ？

エヴラール殿下に恋心は抱かなかったけれど、国を思う気持ちは尊敬する。弱者への救済に自分の予算の大半をあてるのは焦ったけれど応援したくなった。

「妬いていません。デルフィーヌ嬢のように言いなりになる皇太子妃と結婚してください」

私の言葉を最後まで聞かず、エヴラール殿下は部屋から出て行ってしまう。無情にも閉じられた扉。

「お待ちくださいーっ」

原作を変えたのは私だけど、いくらなんでもこれはない。

いったいどうしたらいい？

私が皇太子妃になればすべて丸く収まるの？

……いやだ、ドラゴン印の宅配便で飛び回りたい……それより、何よりもまず、お父様やお兄様たちがブチ切れそうで怖い。お母様は泣いて倒れそうな予感。

頭を抱えていると、ギィィィィ～っ、という鈍い音を立てて本棚が動いた。悲鳴を上げそうになったけど、すんでのところで口を押さえる。

隠し通路から現れたのは、黒装束に身を包んだディーだった。こんな時でもイケメンだからムカつく。

「アデライド、無事か？」

用心棒は私を確認するように眺めた。四季の女神像が四隅に飾られた部屋も調べるように見回す。

「ディー？　肝心な時に何をしているのよ」

いろいろ言いたいことがあり過ぎて、知らず識らずのうちに、目の前の分厚い胸を叩いていた。

「助けにきた」

「どうやって侵入したの？」

黒装束姿だと傭兵っていうより殺し屋に見える。美形の悪役。

「隠し通路」

本棚は隠し通路に続く隠し扉だ。どうしたって、素朴な疑問が湧き上がる。お妃教育で隠し通路の存在は知っていた。けれど、実際、どこにあるのか、教えられるのは成婚してからだ。

「どうして、隠し通路なんて知っているの？」

「行くぞ」

ディーに肩を抱かれ、隠し通路に進んだ。

照明の魔導具により、狭い通路がぼんやり見える。長身の男性が屈まずにすむ高さはあった。短い階段を下りた後、移動魔法陣が描かれている踊り場のような場所に辿り着く。巷のゲートとなんら変わらない。

「ゲート？　秘密のゲート？」

皇宮内に秘密のゲートがあることも聞いてはいた。本宮と皇太子宮のどこかにあると、お父様は見当をつけていたけれど。

「あぁ」

「魔法師はいないわよ」

辺りを見回したけれど、担当の魔法師はいない。四方に移動魔法陣が描かれた空間、不気味なくらい静まり返っている。

「心配は無用」

「ゲートも操作できるの？」

魔法師でもゲートを操作できる実力者は少ない。

「あぁ」

「ディー、あなたはいったい何者？」

素朴な疑問が大きくなりすぎて、いてもたってもいられなくなる。どんなに楽観的に考えても、単なる傭兵じゃない。

「行くぞ」

例によって、ディーは私の質問に答えない。最初から明かす気はないよね？　なんか、エヴラール殿下と同じ匂いがするのは気のせい？

「誤魔化さないで」

ペチッ、とディーのシャープな頬を叩いた。エヴラール殿下じゃないから、不敬罪には問われない。

「ドービニエあたりに隠れろ」

このままドービニエのゲートに瞬間移動する気？

担当者に連絡を入れなくてもいいの？

……あ、そういえば、原作、ドービニエには極秘のゲートがあった。けど、使用できるのは皇族だけ。……だったはず。

不愛想な傭兵への不信感がアプデされたけど、目下の問題は逃亡先。

「……待って。隠れても無駄」

たぶん、ドービニエに逃げてもこじれる。

「どうするんだ?」

ディーに地を這うような低い声で言われたが、私は筋肉がみっちりついた胸をポンッ、と叩いた。

「セドリック殿下を探して、お父様に引き合わせる」

まだ私が人形を抱いてちょろちょろしていた頃のこと。病死として公表されたけれど、前皇后は皇宮で毒殺された。前皇太子の第一皇子はショックで体調を崩し、離宮で療養することになった。なのに、毒殺された。メグレ侯爵が皇宮専属薬師のゴーチェを買収し、毒を盛らせたのだ。黒幕はピエルネ宰相。すべてはピエルネの血を受け継ぐ皇子に王冠を被らせるため。

皇宮専属薬師のゴーチェはユーゴ薬師の弟子だった。

『ゴーチェ薬師、セドリック殿下がいきなり苦しみだしました。来てください』

『……侍女殿、セドリック殿下は白き泉に向かわれました』

『……そ、そんな……』

『皇宮にご使者を』

予定通り、ゴーチェは幼い第一皇子を毒殺したものの、良心の呵責により、ユーゴ薬師のポーションで命を救った。そうして、魔力を施した身代わりの遺体を用意し、第一皇子を秘境にいるユーゴ薬師に預けたのだ。第一皇子は偏屈天才薬師の薫陶を受け、生母の弟である傭兵団長に守られて育った。

「……セドリック？」

ディーはよほど驚いたらしく、切れ長の目を大きく瞠った。

外伝、死亡したと思われていた前皇太子が傭兵軍団を従え、挙兵した。エヴラール殿下とセドリック殿下の兄弟対決は女性読者が選ぶ名シーンのぶっちぎりナンバーワン。

あの勢力とラペイレットが手を組めば、原作補正が発動しても皇室を凌駕するはず……たぶん。

空飛ぶ絨毯が言った『ソワイエを守れ』は、エヴラール殿下じゃなくてセドリック殿下でもいいよね。

「私の本当の婚約者、第一皇子のセドリック殿下よ」

瞼には黒髪の天使が焼きついている。婚約式で小さなドラゴンを追いかけて転んだ私を慰めてくれた。

『……殿下、ちびドラ、行っちゃった』

過ぎ去りし日、幼児の身体に成人女性の魂が入っていた。なのに、どういうわけか、心が身体に引きずられて子供になっていた。小さなドラゴンが飛び立ち、ただただ悲しかったことを覚えている。

『また会えるよ』

『またちびドラに会える？』

『うん』

『どちて？』

『僕のドラゴンだから』

『……ふぇ？　約束』

　ふたりで指切り。

『うん、約束しよう』

幼い皇太子殿下は生母様から古代龍人族の血を受け継いでいる。先祖返りらしいけれど、誕生と同時に漆黒の赤ちゃんドラゴンが出現したという。普段、秘境に隠れているけど、婚約のお祝いに現れた模様。

　第一皇子と漆黒のドラゴンは一心同体のようなものらしい。

外伝、第一皇子は漆黒のドラゴン、ヒーローは空飛ぶ絨毯、熾烈な空中戦を繰り広げた。勝者は空飛ぶ絨毯のコピーを従えた異母弟だ。

「そいつは死んだ」

　ディーに陰鬱な目で言い切られたけど、私は首を左右に振った。

「セドリック殿下は絶対に生きている。傭兵として生きているはずよ」

　セドリック殿下の生母様は古代獣人族の生き残りだから、皇后になれるような身分ではなかった。けれど、皇帝陛下に深く愛され、私のお祖父様、つまり当時のブランシャール公爵夫妻に見込まれ、皇宮入りした。セドリック殿下の生母様の弟は傭兵団のトップ。

「どうして、そう言える？」

「……がいで……夢で見たから」

　外伝で読んだから、と口が滑りそうになったけれどセーフ。

「探し出してどうする？」

「皇位はセドリック殿下のものよ」

　ブランシャールのお祖父様やお祖母様の口癖が木霊する。ふたりにとってセドリック殿下は永遠の推し。

「エヴラールを暗殺すればいいんだな？」

　ディー、極論すぎる。

「暗殺しちゃ駄目。エヴラール殿下には自分から下がらせるの」

　武力で威嚇して、真実を明かしたら皇帝陛下が英断を下すだろう。皇帝陛下が本心から愛していたのは前皇后陛下だもの。息子も溺愛していた。

「セドリックにそんな気はないだろう」

　ディーは馬鹿にしたように、ふっ、と鼻で笑い飛ばした。心底から馬鹿にされているような気がしないでもない。

ポカポカポカッ、と筋肉の盛り上がった胸を叩いたけれどびくともしない。

まぁ、世間が第一皇子を忘れて久しい。私が第一皇子と婚約をしていたことさえ知らない帝国民は多かった。

「セドリック殿下はピエルネ宰相に狙われて、挙兵するわ」

ユーゴ薬師の周囲にセドリック殿下らしき黒髪の青年はいなかった。ただ、いつも黒いローブ姿で顔を隠している助手はゴーチェのはず。

ゴーチェは自分の死を偽装し、師匠に救いを求めた。宰相や皇后は秘境に火種が燻っているなど、夢にも思っていなかった。

「それも夢か？」

どんな目で見られても折れたりはしない。

「そうよ。セドリック殿下だけで挙兵しても駄目。ラペイレットやアデライド商会と組めば血を流さなくても上手くいくと思う」

ラペイレットも救いたいけど、セドリック殿下も無駄死にさせたくない。外伝はヒーローを活躍させるための物語だ。悲劇の皇子は引き立て役。

「セドリックを覚えているか？」

ディーに歯切れの悪い声で聞かれ、私は大きく頷いた。

「当然よ。照れ屋だけど、優しい皇子様だったの。人形みたいに可愛くてね。会えば一目でわかると思うわ」

こんなことなら、さっさと探し出せばよかった。いつも私は遅い。甘い。

「会えばわかる？」

ディーの視線が痛すぎるけど気にしない。

「絶対に今でも可愛いと思う」

「…………」

「セドリック殿下に塩スイーツを食べさせたい。……あ、空飛ぶ絨毯にも乗せてあげたい……だから、早くセドリック殿下を探して、ラペイレット邸に連れて行って……で、エヴラール殿下を脅すわ」

ざっくり計画を話すと、ディーは軽く頷いた。

「わかった」

その瞬間、ディーが幼いセドリック殿下に重なった。

……え？

……まさか？

けれども、冷静に振り返ってみれば、ディーは単なる傭兵というには魔力がすごすぎる。皇宮の隠し通路を知っていること自体、不可解。

……ち、違うよね？

……や、どうして、初めて会った時、ディーは宰相の手下に殺されていたの？

あの時、ディーに上手く誤魔化された。

原作、セドリック殿下が挙兵したのは命を狙われたからだ。宰相はひょんなことでセドリックが生きのびたと知り、即座に暗殺しようとした。間一髪、セドリックはユーゴ薬師のポーションで九死に一生を得て、鎮めたはずの復讐心を燃え上がらせた。

寝た子を起こしたのは宰相。

……あれ、あの時に宰相が寝た子を起こしたの？

原作とは時系列なんかが微妙に違うけど、私がユーゴ薬師のポーションでセドリックを助けた。

ディーがセドリック？

ディーの本当の髪と瞳の色はセドリック殿下と同じ。

黒髪の天使の面影は微塵もないけれど……凄絶な修羅の道を生きてきたからこう育ったの？

一度芽生えた疑惑が確信に変わる。

いったい何がどうなっているの？

原作の表紙を脳裏に浮かべ、著者名を思いだした途端、気づいた。今までなんとも思わなかったけれど、著者名はレイ。

建国に携わった大魔法師の名前もレイ。

単なる偶然？

あれは単なるライトノベルじゃなかったの？

レイ先生は顔出しせず、誕生日や性別も明かさず、ＳＮＳもいっさいやらず、著書は『花冠』シリーズのみ。

考えれば考えるほど、謎が深まるばかり。

ここはライトノベルの世界じゃないの？

だから、キャラの性格も違うの？

……けど、もう、そんなのはどうでもいい。

今、ディーを突いても口を割らないのはわかっていた。

とりあえず、皇宮脱出。

「ディー、ラペイレットはどうなっている？」

私が内心を隠して尋ねると、ディーはどこか遠い目で答えた。

「ラペイレットは今日中に挙兵する気だ」

悪い予感が当たった。

「それは止めて。セドリック殿下を見つけてから」

セドリック殿下に名乗らせてから、と私は心の中からディーことセドリック殿下に向かって凄んだ。

「……なら、お前が止めろ。誰も止められない。レジスもサレ伯爵もオヴェール伯爵も呆れている」

「レジスにサレ伯爵にオヴェール伯爵？」

「ラペイレットと敵対していた奴らがお前のため、極秘で会った。ラペイレット公爵も驚いていた」

どうも、毒殺事件の闇が晴れたのは、ラペイレットとレジスたちが共闘したかららしい。今までのいがみ合いを知っているだけに感動……って、感動している場合じゃない。

「レジスたちにも止められないのね？」

「あぁ、ラペイレット小侯爵がゲートの中心塔を破壊しようとしたのはレジスが止めた」

お兄様のことだから諦めていないはず。

「今すぐ、ラペイレットに飛んで」

私が真っ青な顔で言うや否や、ディーは魔力を発動させた。……うわ、皇室の紋章が四方に浮かぶ……うん、これ、皇族にしか使えない移動魔法だよね。やっぱり、ディーはセドリック殿下だ。

私の皇太子殿下、会えて嬉しい。

# 13　悪役令嬢、覚悟を決めた。

ほんの一瞬でラペイレット邸の移動魔法陣の間。

銀のクラッシャーに変身しようとしている銀の貴公子を止めたい。当然、挨拶なんてしている暇はない。全力疾走。

「……アデライド様？」

使用人たちが驚愕しているけれど、私は全速力で走った。後からセドリック殿下も無言でついてくる。

「お父様、お兄様、挙兵しちゃ駄目ーっ」

「アデライド様、旦那様とお坊ちゃまは『偉大なる大魔法師の虹の間』にいらっしゃいます。ブランシャール公爵とお話合い中です」

タイミングよく、伝説の大魔法師の遺物が飾られた大広間で会議中みたい。とりあえず、間に合った？　間に合ったよね？

「絶対に駄目。挙兵したら、すべて終わるっ」

私が呼吸を乱しながら飛び込むと、お兄様が筒状の爆発物を手に言った。

「母上が皇宮に監禁されている」

耳には届いたけれど、理解できなかった。

「……え？　どういうこと？」

大広間を見回しても、花のようなお母様がいない。お父様は伝達の魔導具でブランシャール公爵と話し合っている。ラペイレット騎士たちは全員、闘志を漲らせ、帝都の模型を前に皇宮攻略を練っていた。

「皇后陛下のお召し。アデライドが皇太子妃として挙式の準備をしているから、母上が呼ばれた」

どうして、結婚もしていないのに皇太子妃？

お母様を呼び出すため、無茶苦茶言いやがった？

確かに、そう言われたらラペイレットは拒めない……うぅ……やっぱり、私は甘い。

「……私と入れ替わり？」

なんのために、皇宮から脱出したんだろう。

「母上が皇宮からお戻りにならない。皇太子妃として皇宮に残ると聞いていたお前が戻ってきた」

お兄様が艶麗な美貌を曇らせた時、執事長が青い顔で入ってきた。皇宮からの使者が到着したという。

　案の定、エヴラール殿下から脅し。

「……私が逃げたと気づいたのね……つまり、私が戻って皇太子妃にならなければラペイレットの謀反とみなす？」

　結局、謀反？

　それでも、武力で私を連れ戻そうとしないから交渉の余地はある？

「挙兵だ」

　お兄様がいきなり立つと、お父様は同意するように頷いた。伝達の魔導具でブランシャール公爵にも伝える。

　ここで挙兵したら今までの苦労が水の泡。

　ガバッ、と私はお兄様に飛びついた。

「お兄様、セドリック殿下を擁立しましょう」

　前皇太子の名を聞き、お兄様は唇を震わせた。

「……セドリック殿下？　悲しいけれど、お前の皇子様は星になった」

　遠い日、セドリック殿下の訃報を聞いた時、私は泣きじゃくり、暫くの間、寝込んだ。

　お兄様も可愛い皇子を気に入っていたから悲嘆に暮れた。

「セドリック殿下は星になっていない。ユーゴ薬師のところで生きのびていたの。毒殺の実行犯はユーゴ薬師の弟子のゴーチェよ」

　私はお兄様を締め上げつつ、手短に経緯を説明した。

「アデライド、乱心したとは思えないけれど、何かあったのか？」

　いつしか、お兄様の声は恐怖で震えている。私、そんなに怖がらせるようなことを言ったかな？

　……あ、勇敢なラペイレット騎士団員の口もポカン。

　けど、お父様は伝達の魔導具の前で微笑んでいる……あ、ディーがセドリック殿下だって知っているのかな？　言い当てた私に感心しているみたいな感じ？

　ディーは忌々しそうに大魔法師の遺物の前で髪の毛を掻き毟っている。

「乱心していない。……えっと、宅配便の仕事でいろいろ情報が入ってくるの。セドリック殿下の叔父様が傭兵団長……あぁ、もう、ブラック・ルシアンの団長がセドリック殿下の叔父様よ」

　私は一呼吸おいてから、ディーことセドリック殿下に視線を流しながら言った。

「セドリック殿下、そうよね。ブラック・ルシアンの団長が叔父様ね？」

　私の呼びかけに精悍（せいかん）なイケメンが石化した。

「セドリック殿下、かくれんぼは終わりよ」

　私はお兄様から離れ、微動だにしないセドリック殿下の腕を掴む。ぶんぶん振り回したり、ペチペチしたり。

「セドリック殿下の本当の姿に戻って」

髪の毛を引っ張ると、ようやく魂が戻ってきたみたい。

「……アデライド、いつから気づいていた？」

「ついさっき」

「ついさっき？」

「あんなに可愛かったセドリック殿下がこんな怖い大男に育つとは夢にも思っていなかった」

大広間には私と婚約した時に送られたセドリック殿下の肖像画も飾られている。あの可愛い子はどこに行った？　今では見る影もない。

「………………」

人のことが言えるか、と言われているような気がするけど全力でスルー。

「初めて会った時、あなたは殺されていた。殺したのは宰相の手先ね？　ブラック・ルシアンのディーがセドリック殿下だと気づかれたんでしょう？」

私が顔を覗きこむと、セドリック殿下は苦笑を漏らした。

「……お前には適わない」

やっぱり、と私は確信した。

「そうなのね。宰相はブラック・ルシアンのディーがセドリック殿下だと気づいて狙わせたのね？」

「……らしいな」

「ブラック・ルシアンのディーが生きているとなれば、宰相にまた狙われるわ」

ドラゴン印の宅配便にブラック・ルシアンのディーがいること、宰相も掴んでいるはずだ。もしかしたら、私が知らないだけで、セドリック殿下には殺し屋が送りこまれていたのかもしれない。

「あぁ」

「セドリック殿下は立つしかないの」

「アデライドの望みか？」

「そうよ。次の皇帝はセドリック殿下だもの。ラペイレットはセドリック殿下を全力で支えるわ」

私が全身で力んだ瞬間、お父様やお兄様たちは貴族的な礼儀を払った。ラペイレット騎士団は騎士の礼儀。

「わかった」

「お父様とお兄様、セドリック殿下を擁立して皇居に殴りこみ」

セドリック殿下がいるのだから、ラペイレット騎士団とブランシャール騎士団で正面突破すればいい。

けど、お母様の存在を思いだす。

慌てて、私は言い直した。

「……あ、殴りこみじゃない。お母様がいるから奥の手を使おう。頭に血が上ったら、何をされるかわからない」

今の時点、お母様は人質だ。エヴラール殿下と宰相ならば、切り札をどう使うか、予想するのも怖い。

「間諜から報告があった。母上は皇后陛下に説得されているようだ。皇后陛下の専属侍女たちに囲まれているらしい」

お兄様は悔しそうに言ってから、通信の魔導具を騎士団長に手渡した。皇后陛下とお取り巻きは社交界で一番えげつない最大勢力。

「お優しい母上なら女狐に丸めこまれる。悠長なことはしていられない。行くわよ」

私が左手首の腕輪に触れた時、若い執事見習いが早足でやってきた。

「アデライド様、アデライド商会の殺し屋たちがまいりました。ドラゴン印の殺し屋ですね」

一瞬、聞き間違いだと思ったけれど、周囲の反応を見る限り、違う。まさか、殺し屋が売りこみにきたの？

「アデライド商会で殺し屋なんて雇っていないわよ」

「殺し屋でなければ、用心棒ですか？」

若い執事見習いが嗄れた声で言うや否や、メイド長に連れられたアデライド商会のスタッフたちが顔を出した。

……うん、殺し屋に間違えられても仕方がないかな。全員、武器を持っているし、殺気も半端ない。

「……なんだ。エリクたちじゃない。……ちょうどいいわ。いい時に来てくれた。行くわよ」

「アデライド様、殴りこみならお供します。恩返しさせてください」

エリクの背後には私が資金援助した塩洋菓子店の店主がいた。あっさり裏切る貴族社会で生まれ育っただけに感涙。

「……なら、塩スイーツを用意して」

「……は？　毒入り塩スイーツですか？」

「私も銀の悪女、毒なんて面倒な手は使わないわ」

ほ～っ、ほっほっほっほっほ～っ、と私が悪役令嬢を意識して笑うと、アデライド商会のスタッフたちは口を揃えた。「似合わねぇ」と。

入念に打ち合わせた後、私は虹色の腕輪を空飛ぶ絨毯に変えた。お兄様もレクチャーした通り、きっちり空飛ぶ絨毯に変化させ、軽く飛び乗る。

「行くわよ」

私の掛け声に合わせ、お兄様を筆頭に命知らずの男たちの雄叫びが響き渡った。

「出陣じゃーっ」

お兄様やエリク以下、空飛ぶ絨毯に乗った男たちが続く。使用人たちがいっせいに腰を抜かしたけど、空飛ぶ絨毯軍団は壮観だと思う。……や、一番すごいのは漆黒のドラゴンに乗っているセドリック殿下かな。……うん、私も平然と漆黒のドラゴンを呼んだセドリック殿下には驚いた。

「アデライド、先頭は危険だ」

お兄様に注意されたけど、速度を落としたりはしない。

「責任者が先頭を切らなきゃ、しょうがないでしょう」

あくまで私はドラゴン印の宅配便のトップ。

「姫さん、先頭を切るな」

「アデライド、下がれ」

セドリック殿下が漆黒のドラゴンに乗って先を飛ぼうとする。けど、駄目。ここ一番の先駆けはアデライド商会の悪女よ。

「セドリック殿下、お兄様の後に続いて」

「アデライド、無謀だ」

「今の私は誰にも止められないわよ」

今こそ悪役令嬢の看板を掲げる時。

お母様を人質にして脅すなんて許さない。二度とお母様に手を出さないように後悔させてやる、と私は毒を吐きながら皇宮に向かって飛んだ。

鳥も避けるし、地上の騎士たちは硬直するだけで弓を射ることもしない。なんの障害もなく、高い塀に囲まれた壮麗な皇宮の上空。

「ドラゴン印の宅配便、参上」

「ドラゴン印の殴りこみだーっ」

「よくもうちの姫さんを閉じこめた。オフクロさんも閉じこめやがった。覚悟しやがれーっ」

空飛ぶ絨毯に乗ったエリクのほか、腕自慢のスタッフたち。皇宮の空を白い雲とともに無数の空飛ぶ絨毯が飛んでいるのだ。もっと言えば、皇宮の空を空飛ぶ絨毯が占拠。そりゃ、皇宮の人々は怖いでしょう。

「ひっ、ひーっ」

豆粒に見えた近衛騎士が尻もちをついた。

「……あ、あのようなものが空に」

「皇宮が異様な集団に占領されましたーっ」

「……は、早く、迎え撃てーっ」

間諜の報告通り、ラ・ソワイエレという皇室の花が咲き乱れる庭で皇后陛下がお茶会を開催していた。……や、お茶会という名のお母様の吊し上げ会だ。ラ・ソワイエレは薔薇によく似た華やかな花だけど、見惚れている場合じゃない。速度を下げ、着陸準備。

「きゃーっ。ラペイレットの魔獣でしょうか？」

「ラペイレットの謀反ですの？」

「きっとアデライド嬢の策ですわ。悪女は運輸ギルドも手中に収めたそうですから」

皇后陛下や侍女たち、お母様も驚愕で腰を抜かし、芝生にへたり込んでいる。駆けつけた皇宮騎士たちは天を仰いで茫然自失。

「……ド、ドラゴン？」

「……く、曲者」

「……だ、誰か、助けなさいーっ」

甲高い悲鳴と怒号の中、私が飛び降りる前、ドラゴンの背からセドリック殿下が悠々と飛び降りる。お兄様やエリクたちは私の盾になるように立った。

「ちょっと、邪魔」

盾は無用。

私がここできっちりカタをつける。

エヴラール殿下も私に向かって一歩進んだ。さすがというか、当然というか、へたりこまず、泰然としている。

睨み合いでは負けたりはしない。

一触即発。

「……あわわわわわ〜っ、アデライド様が投資しているル・シャンティの塩スイーツを献上しますーっ」

私が資金援助した塩洋菓子店の店主が、最年長のスタッフと一緒に空飛ぶ絨毯に乗っている。その手には私が大好きな塩ショコラタルトがあった。

はっ、と私は我に返った。

「……あ、そうだ。殴りこみじゃない献上です、献上ーっ」

平民がいきなり皇宮に侵入したら死刑は免れない。献上ならギリセーフ？　……いや、ギリアウトどころか完全アウト？

……かもしれないけど、セドリック殿下がいるから献上で押し切る。

原作、こんなシーンはなかった。

どんなに言い繕っても、空からの不法侵入だ。私とお兄様がいたらラペイレット謀反にされても仕方がない。

けど、やる。

私がエヴラール殿下に近づくと、セドリック殿下が遮るように立った。そうして、いつもとは違う声音で呼びかけた。

「エヴラール、久しぶり」

セドリック殿下は背後に皇室の家紋が刻まれた魔法陣を浮かび上がらせた。第一皇子の証明である漆黒の王冠も頭上に三つ並ぶ。どんな大魔法師でも真似できない第一皇子の証明だ。

「まさか、兄上？」

エヴラール殿下は呆然とした面持ちで異母兄を見つめた。宰相や皇后陛下たちは頰を引き攣らせる。

「死んだと思っていたのか？」

「兄上の葬儀はとうの昔にすみました。皇族墓地で眠られているのは誰でしょう？」

毎年、私はエヴラール殿下と一緒にお墓参りに行っていた。前皇后やセドリック殿下を敬う態度は尊敬している。

「俺が説明しても信じないだろう」

セドリック殿下が視線で合図を送ると、元皇宮専属薬師であるゴーチェが空飛ぶ絨毯から降りた。彼は急な呼びだしにも関わらず、ゲートで飛んできてくれたの。

「エヴラール殿下は覚えていらっしゃらないかもしれません。私は元皇宮専属薬師であるゴーチェでございます」

ゴーチェが苦渋に満ちた顔で名乗ると、エヴラール殿下はどこか遠い目で言った。

「……ユーゴ薬師の弟子だというゴーチェなる皇宮専属薬師は覚えている。……が、白き泉の住人になったと聞いた」

「罪を償うために生きておりました」

ゴーチェは死を覚悟して、今回、同行してくれた。

「以後、我は訃報を信じぬ」

何があったのか真実を話せ、とエヴラール殿下が皮肉たっぷりにゴーチェを急かした。宰相が止める間もない。

「私がメグレ侯爵の脅迫に負け、前皇后様とセドリック様を毒殺しました。……が、その後、幼いセドリック様の遺体の前で絶命したドラゴンを見て、後悔し、尊師のポーションでお助けしました」

「ドラゴンが兄上の遺体の前で絶命したのか？」

エヴラール殿下、ひっかかるところはそこなの？

疑問に思ったのは私だけ？

エヴラール殿下の質問に、ゴーチェは悲哀を漲らせて答えた。

「セドリック殿下は絶滅したと思われていた古代龍人の血を受け継いでいます。誕生と同時に龍が現れたのです。セドリック殿下は先祖返り」

ゴーチェの説明を肯定するように、セドリック殿下の頭上には漆黒のドラゴン。

「……あ、婚約式で見たちびドラゴン」

私が独り言のようにポロリと零すと、セドリック殿下は肯定するように頷いた。小さな龍も大きくなっている。

「ユーゴ薬師も兄上の生存を知っていたのか？」

ゴーチェが答える前、宰相が声を張り上げた。

「セドリック殿下を名乗る不届き者ぞ。捕縛せよ」

宰相の命令により、皇宮騎士団たちがセドリック殿下を取り囲んだ。けれど、セドリック殿下はシニカルに口元を緩め、手を振った。

「甘い」

漆黒のオーラが鎖と矢になり、皇宮騎士団たちがいっせいに倒れる。これらはほんの一瞬の出来事で悲鳴を上げる間もなかった。

外伝、セドリック殿下は強かった。……が、エヴラール殿下の魔力はさらに強かった。知っているだけに辛い。できるなら、戦わせたくない。

「魔法陣を見ても偽物だと思うか？」

セドリック殿下は野獣のようなムードを漂わせ、宰相に近寄った。

「偽物だとしか、思えません。皇帝陛下も遺体を確認されましたから」

宰相はセドリック殿下が発散させる魔力が苦しいらしく、ジリジリと後退した。皇宮騎士たちの下肢は震えている。

「偽物だと思っているのに暗殺者を送りこんだのか？」

「なんのことやら」

「先日、ドービニエで俺は宰相の手先に始末された」

セドリック殿下は私と初めて会った時について触れた。多勢に無勢、凄絶な魔力持ちでも、宰相の精鋭部隊相手では適わなかったみたい。

「言いがかりはやめてもらいましょう」

「俺が生きていると気づき、あの後、何人も殺し屋を送りこんだな？」

「身に覚えのないことです」

「ここで片をつける。母と乳母の仇、取らせてもらう」

外伝、セドリック殿下は最愛の母や第二の母の復讐を口にした。異母弟のヒーローとヒロインが謝罪したけれど、武力衝突は避けられなかった。セドリック殿下は最初から死を覚悟していたのだ。

「ラペイレット小侯爵とラペイレット公女による謀反ーっ」

いきなり、宰相はセドリック殿下から視線を逸らし、お兄様と私の顔を指しながら大声で怒鳴った。

「ラペイレットの謀反ぞ」

「ラペイレットが偽物の第一皇子を担ぎ上げ、帝国を簒奪しようとしている。捕縛せよーっ」

「恐れ多くも第一皇子を名乗る偽物は悪女の操り人形なり」

ヒュンヒュンヒュン、と魔力の矢が嵐のように私たちに向かって放たれる。

エリクたちは罵声を上げたけれど、私はお兄様とセドリック殿下に守られて無事。……いや、エヴラール殿下も魔力の矢を止めた。

「やめろ」

エヴラール殿下の命令に、宰相は息を呑んだ。皇后陛下がヒステリックに叫んだけれど、皇宮騎士団は皇太子の命令には絶対服従。

誰も私たちを攻撃しない。

「兄上、どうして今さら？」

エヴラール殿下は不可解そうな顔でセドリック殿下に尋ねた。

「アデライドに言われた」

「アデライドに言われたから、名乗りを上げられたのか？」

「あぁ」

「皇帝の座をお望みか？」

「アデライドが望むなら」

「一戦交える覚悟がおありか？」

「アデライド次第」

「ラペイレットにブランシャール、傘下の家門が揃っている」

エヴラール殿下は花の女神型の魔導具で皇宮の状態を確認した。打ち合わせ通り、お父様が率いるラペイレット騎士団とお祖父様が率いるブランシャール騎士団が皇宮を取り囲んでいる。数多の傘下の旗も靡いていた。

「すでに帝都は包囲している。帝国内の各ゲートも占領した」

皇宮だけでなく帝都の主要箇所にはラペイレットとブランシャールの旗。

「お見事」

「エヴラール、父上の真意を理解せず、アデライドを捨て、デルフィーヌを選んだ時点でお前の負けだ」

皇帝に即位してもピエルネの傀儡になるだけ、とセドリック殿下は鋭い双眸で語っている。空では漆黒のドラゴンの咆哮(ほうこう)。

「皇位継承権を放棄します」

エヴラール殿下の爆弾発言に、宰相や皇后陛下は悲鳴を上げた。

「エヴラール殿下、悪い冗談はおやめなさい」

「エヴラール殿下、お戯れをっ」

「エヴラール殿下は痴(し)れ者のせいでお疲れだ。早く静かな部屋にお連れせよ」

宰相と皇后がエヴラール殿下を隔離しようとした矢先、妙な風が吹いた。自然の風ではなく魔力の風。……否、これはユーゴ薬師のポーションの風？

「……セドリック？」

魔力の風とともに、サレ伯爵とオヴェール伯爵に左右から支えられた皇帝陛下が現れた。足取りは危ないけれど、目には生気が宿っている。

「父上、セドリック、只今戻りました」

セドリック殿下の表情は変わらないけれど、忠誠を誓った騎士のように皇帝陛下に跪いた。わだかまりは微塵(みじん)も感じられない。

「セドリック、よく戻ってくれた」

「母上や乳母の仇、取らせてください」

「さぞかし、無念であったであろう。無力な父を許せ」

「はい」

「余の後を継ぐならば敵討ちはならぬ。余が裁く」

皇帝陛下は帝王然とした態度で、宰相や皇后を捕縛させた。メグレ侯爵を始めとするピエルネ関係者も。

よかった。

これで破滅フラグ、へし折った。

安心した途端、私は緊張が解けて、お兄様の腕の中で気を失った。

悪役令嬢、やっぱり名ばかり。

# 14　悪役令嬢、皇太子妃から逃れられない？

目を覚ましたら、皇宮の天蓋(てんがい)付きのベッドで寝ていた。傍らには泣き腫らした目のお母様や乳母がいた。

「お母様、どうなった？　ラペイレットもブランシャールもセドリック殿下もドラゴン印の宅配便も無事よね？」

「アデライド、落ち着きなさい」

お母様に宥められ、乳母には諭され、私は身なりを整えてからブランデーの香りがする紅茶を飲んだ。

「エヴラール殿下は聡明な皇子でした」

「あれが？」

エヴラール殿下は毒殺にはいっさい関与していない。何より、自分から皇位継承権を放棄し、皇帝陛下に認められた。公爵として臣下に下るという。

騎士団を動かして、帝都を包囲したけれど、ラペイレットもブランシャールも傘下の家門もお咎めなし。

皇宮に侵入したドラゴン印の宅配便も罰せられるどころか、献上した塩スイーツが皇帝陛下や高位貴族たち喜ばれた。ここでも美味しいは正義。

一滴の血も流さずに破滅フラグをへし折った。

そういうことだよね？

宰相やメグレ侯爵は処刑、家門断絶。皇后陛下は尖塔へ幽閉。デルフィーヌ嬢は戒律が厳しい修道院に送られることになった。

それぞれ、罪を償うことに。

安心したのも束の間、セドリック殿下の皇太子即位式を巡ってなんかおかしい。……ん、皇太子即位っていうより皇太子妃について？　後見人になった叔父のブランシャール公爵がお父様に泣きついたとか？

セドリック殿下が前触れもなく、私の前に現れた。

「アデライド、どうして皇宮から下がる？」

うちの元用心棒に豪華な刺繍が施された宮廷服が似合わない。それでも、生を受けた皇宮にはしっくり馴染む。

「ディー……じゃないセドリック殿下、私はドラゴン印の宅配便のアデライドよ」

今回の件でさらに客が増えたという。支店を増やさなければ回せない。帝都に支店を出せば、一気に大きくなる。そんな意見も聞いた。このチャンスを逃したくはない。私の闘志は沸々と燃え滾っている。

「お前は皇太子妃だ」

地を這うような低い声で言われ、私は手を小刻みに振った。

「まさか」

セドリック殿下は私が皇太子妃に相応しくないとよく知っているはず。

「俺の妃になるものだと思っていた」

華々しい婚約式を挙げた婚約者だったから、気になっているのかな？

「私はドラゴン印の宅配便のアデライドを極める。セドリック殿下の治世、物流を支えるわ。帝国内の隅々まで網羅したら栄えるから……あ、いずれ、外国にも飛ぶわよ」

帝都で高価なものが地方では安かったり、帝都では安価なものが地方では高値だったり、都会では有り余っているものが地方ではなかったり。薬やポーションなど、ものによっては命に関わる。こういった類の問題はドラゴン印の宅配便が充実すれば解消できる。

「……お前」

セドリック殿下が死人みたいな顔で固まると、背後でボソボソとレジスやエリクの声が聞こえてきた。

「俺、初めてディーが……いや、セドリック殿下が可哀相だと思った」

「俺も」

「セドリック殿下、さすがに哀れ」

「アデライドってやっぱり悪女だったんだな」

「デルフィーヌよりタチ悪い」

いつの間にか、悪女コールが復活？

ポンッ、と肩を叩かれて振り向けば、お兄様が悲愴感を漂わせていた。

「アデライド、お前はセドリック殿下を皇太子妃として支えたいのだと思っていた」

意表を衝かれ、私は顎をガクガクさせた。

「お兄様、勘違いしないで」

「父上も母上も叔父上も叔母上も……誰もがそう思っている」

それで私が皇宮から下がろうとしたら微妙な顔をしたの？　お父様やお母様、ブランシャールの叔父様たちはオロオロしていた。

「違う。私はドラゴン印の宅配便の夢があるの」

傍目から見れば、セドリック殿下に恋をしているかのような行動だった？　……確かに、そうだったかもしれない……けど、皇太子妃はいやだ。

「なんのために、エヴラール殿下を廃嫡に追いこんだ？」

愛している男を皇帝にするためじゃないのか、とお兄様の紫色の目は雄弁に語っている。

レジスやエリクもたちも同じ目つき。

「ラペイレットを救うため」

私が仁王立ちで言い切った瞬間、セドリック殿下が凄絶な迫力を漲らせて断言した。

「アデライド、お前が皇太子妃だ」

思わず、胸きゅん。

いやいや、心筋梗塞？

そりゃ、ディーは……セドリック殿下は嫌いじゃないけれど。

「……………………む、無理」

「拒むなら、ラペイレット謀反とみなす」

セドリック殿下に冷酷な目で断言され、私の甘い胸の疼きは吹き飛んだ。

「……ちょ、ちょっと、それは反則ーっ」

「兼業でいい」

セドリック殿下の妥協案？

皇太子妃の事業なんて前代未聞。

第一、忙し過ぎて過労死確実。

「皇太子妃とドラゴンちゃんの兼業は無理」

「ラペイレットの謀反」

「違うーっ」

まさか、これも原作補正？

どっちにしろ、ラペイレット謀反？

私、詰んだ？

……詰んでないよね？

悪役令嬢、ドラゴン印の宅配便で無双するわ。

# 番外編
# 皇太子と漆黒のドラゴン

俺は先祖返り。

古代龍人族は絶滅したと思われていたが、母と叔父は微かに血を受け継ぐ生き残りだ。

俺の誕生とともに出現した小さなドラゴンに誰もが歓喜した。……が、危惧もした。悪用される危険性が高い。成人するまで公表しないほうがいい、と。

悪用されるどころか、母ともども毒殺された。

……俺は生き返ったが。

あの時、死んでもよかった。

ただ、唯一残された肉親の叔父に慟哭され、ユーゴ薬師の庇護の下、ドービニエで生きのびた。メグレ侯爵の脅迫に負けたゴーチェの懺悔もあったし、魔の巣窟のような皇宮を知っているから、なんの未練もない。ユーゴ薬師と叔父たちと暮らす日々に満足していた。

……否、唯一の心残りは俺のドラゴンを追いかけた婚約者。

アデライドがエヴラールの婚約者になり、俺の心が荒れに荒れた。隠しているつもりでも、ユーゴ薬師には気づかれた。

「ディー、可愛い婚約者が好きなんじゃな?」

折に触れ、アデライドを映像の魔導具で盗み見ていたことを把握されている。傭兵団長の叔父も何かあれば、アデライドの近況を送ってくれた。

「ユーゴジジイ、煩い」

「アデライド嬢を取り戻したいのならば覚悟を決めよ。皇宮に乗りこむならついていくぞ」

ユーゴ薬師が杖を振り回すと、ゴーチェも同意するように杖をついた。毒殺の実行犯である元皇宮専属薬師が証言すれば、メグレ侯爵や宰相たちの罪は追求できるだろう。……否、皇宮はそんなに甘い戦場じゃない。

「皇太子になりたくない」

俺にはなんの力もない。

本来、母も皇后に即位できるような身分ではなかった。ブランシャールが後見人についたが、裏に通じているピエルネ相手には弱い。父もわかっていたから、早々にアデライドと婚約させたのだろう。それでも、負けた。俺がアデライドと婚約したから、暗殺を早めたのかもしれない。

「わしの弟子にでもなりますかな？」

俺の魔力はユーゴ薬師を上回ると聞いた。秘境の石碑を訪問するたび、俺の魔力が増えるという。枯渇することのない魔力持ちは最強らしい。

「断る」

ユーゴ薬師は尊敬しているが、薬師の道を進む気はない。俺の心が動くのは、叔父に与えられた剣を握る時。

「傭兵として人生を送りますかな？」

「あぁ」

俺は花嫁になるはずだった少女への想いを深淵に沈めた。ラペイレット公女として予定されていた通り、華やかな人生を進むのだろう。

アデライド、幸せに。

遠くから君の幸せを祈る。

約束したドラゴンと会わせてあげられなくてごめん。

再会することもなく、人生の幕を下ろすと思っていた。

これはいったいどういうことだ？

アデライドとエヴラールの結婚式までひと月切った頃から、俺は毎晩、同じ夢を見た。

亡き母が秘境の石碑で手招きしている。

何も喋ってはくれない。

ただ、石碑の前で手招き。

婚約式でアデライドが俺の手を握って笑う姿も見える。俺のために花冠を作ろうとして失敗した姿も。

極秘で引き受けていた仕事もあったから、無視していたが、しつこく続いた。

エヴラールに婚約破棄され、ラペイレットを勘当され、運び屋を始めたという話を聞いた日、俺はとうとう思い立って石碑に向かった。

「ブラック・ルシアンのディーだな？」

宰相の騎士団に狙われるとは思わなかった。一騎当千の魔力持ちばかりに囲まれ、俺は退路を探した。……が、見当たらない。空を見上げたが、ドラゴンは水晶の洞窟で寝ているから、俺の声は届かないだろう。

「なんの用だ？」

「死んでもらう」

「ピエルネ宰相の手下か？」

「個人的にブラック・ルシアンのディーは尊敬していた。自分を殺す奴が誰か、それぐらいは知りたいよな。……そうだ。俺たちはピエルネ宰相の命令で動いている」

天と地が裂けても、ピエルネのために剣を握るつもりはない。傭兵としてでも、ピエルネの仕事は一度も請け負わなかった。まさか、そんなことで目をつけられたのか？

「ピエルネに始末される理由がわからない」

宰相は俺を第一皇子だと知って狙わせたのか？

俺の素性を知っていたら、内乱前に始末したいだろう。

フリーに依頼しない理由も納得できる。

「俺たちも知らない。ただ、命令されたことを実行するだけ」

甘かった。

まさか、宰相に気づかれているとは知らなかった。

俺が馬鹿だった。

アデライド、最期に一目でもいいから会いたかった。

……が、意識を取り戻したら、アデライドがいた。

母が石碑で手招きした理由はこれか？

ドラゴン印の宅配便、噂には聞いていたが本当だったのか……よく今まで無事だったたな。

助けてもらった恩を返すために護衛につく……いや、アデライドがあまりにも危なっかしくて放っておけない。俺の元婚約者はこんなじゃじゃ馬だったたか？

「ディー、行くわよ。おばばちゃまのお気持ちをお孫さんに届けるわよーっ」

「アデライド、伏せろ。鷹が飛んでくる」

「……え？」

ドラゴン印の宅配便、アデライドと一緒に空飛ぶ絨毯で荷物を運ぶことは楽しかった。依頼人にも届け先にも感謝される。客とアデライドの笑顔が弾ける。

このまま時を止めたい。

ディーとアデライドとしてドラゴン印の宅配便で飛び回りたい。

やはり、俺は甘かったのか？

エヴラールがデルフィーヌを捨て、アデライドを取り戻そうとしている。さすがに、これは許せない。

アデライドが皇宮に囚われた直後、貴族街のラペイレット邸に忍びこんだ。厳戒態勢が敷かれているが、ブラック・ルシアンの情報により、ラペイレット邸の隠し通路も掴んでいる。

ラペイレット公爵が執務室でひとりになった。

今だ、と俺は隠し扉から執務室に入室した。

「ラペイレット公爵、久しぶり」

不審者に慌てもせず、ラペイレット公爵は貴族的な仕草で椅子から立ち上がった。さすが、と感嘆するしかない。

「ブラック・ルシアンのディー？　……セドリック殿下？」

その名を呼ばれ、俺の心に小波が立つ。

「ブラック・ルシアンのディーがセドリックだと知っていたのか？」

「知っていたら、アデライドが婚約破棄された時点でセドリック殿下を皇宮にお連れした。ブランシャールも護衛につくでしょう」

俺の素性を知ったのは最近だと、ラペイレット公爵は暗に匂わせた。ピエルネ宰相が掴んだ情報ならば、ラペイレット公爵も掴めるだろう。なんにせよ、悠長なことはしていられない。

「驚いた」

「それはそっくりお返しします」

まさか、あの可愛いセドリック殿下が無敵の傭兵、とラペイレット公爵は独り言のように続けた。

「俺はアデライドにも驚かされた」

「アデライドは私の想像を凌駕（りょうが）する娘です」

ラペイレット公爵は青い顔でこめかみを揉んだ。その気持ちはいやというぐらいわかる。

ドラゴン印の宅配便の奴らも同意するだろう。

「何をするかわからない女だな」

「はい。ドラゴン印の宅配便、私の心臓が止まりました」

机にはドラゴン印の宅配便に関するデータが積まれていた。エリクなど、スタッフの身辺調査も抜かりないようだ。サビーヌとデルフィーヌに関しては、処理済みの印が押されている。

「よりによって、運び屋」

一歩間違えれば、運び屋ギルドに消されていただろう。なのに、運び屋ギルドを味方につけた。感服するしかない。

「セドリック殿下、すべての問題を解決する手がひとつございます。皇太子として即位する気持ちがありますか？」

「ない」

「アデライドに請われたら？」

「アデライドに言われたら考える」

どんなに強がっても、アデライドには敵わない。ポツリと零すと、ラペイレット公爵は艶然と微笑んだ。

「我が娘に対する御心、嬉しく思います」

アデライドに対する想いを見透かされているようで癪に障る。今まで感情を隠す術には長けていたのに。

「……おい」

「いつ、どこから攻めますか？」

「アデライドが暴れる前に」

「いくらなんでも皇宮で暴れたりはしないと思いますが……思いたいのですが……暴れる前に手を打ちたいと思います」

「俺が隠し通路で皇宮に侵入し、アデライドを救出する。後方支援を頼む」

アデライド、もし、お前が望んだら皇太子に即位する。

皇太子妃はお前だ。

花冠はお前のために俺が作る。

コスミック文庫 α

**悪役令嬢の異世界宅配便**
**～空飛ぶ絨毯で処刑を回避します～**

---

2024年７月１日　初版発行

【著者】　森山侑紀
【発行人】　佐藤広野
【発行】　株式会社コスミック出版
〒154-0002　東京都世田谷区下馬 6-15-4
【お問い合わせ】　一営業部一　TEL 03(5432)7084　FAX 03(5432)7088
一編集部一　TEL 03(5432)7086　FAX 03(5432)7090
【ホームページ】　https://www.cosmicpub.com/
【振替口座】　00110-8-611382
【印刷／製本】　中央精版印刷株式会社

---


ISBN978-4-7747-6572-3 C0193